Amour et Chantilly

Alex VOX

Amour et chantilly

ROMAN

© 2021 Alex Vox
Édition : BoD – Books on Demand,
12/14 rond-point des Champs-Élysées, 75008 Paris
Impression : BoD - Books on Demand,
Norderstedt, Allemagne

Illustration : Alex Vox

ISBN : 9 782 322 381 487
Dépôt légal : Octobre 2021

À la plus belle femme du monde.

Tes yeux magiques ne cessent de m'inspirer.

Alex.

Prologue

Quelques rayons de soleil timides filtraient à travers les lames du volet. Elle caressait doucement le corps d'Éva en humant l'odeur de sa peau. De fines gouttes de sueur perlaient sur ses tempes. L'automne était particulièrement clément cette année.

— Tu ne risques rien, mon amour. Je vais te protéger. Je sais que ce n'est pas facile pour toi, mais ensemble, on va y arriver, je te le promets, aie confiance.

Éva cala sa tête sur l'épaule de la jolie femme qui venait de passer la nuit avec elle. Elle objecta :

— Elle ne veut plus qu'on se voie. Elle va tout faire pour nous séparer. J'ai peur de…

Elle n'acheva pas sa phrase, coupée dans son élan par un baiser délicat posé sur ses lèvres. Elle jeta un coup d'œil au radio-réveil posé sur la table de nuit, repoussa la couette et se leva.

— Désolée, mais je suis à la bourre, s'excusa-t-elle en enfilant ses vêtements qu'elle venait de récupérer sur le sol.

Sa chemise était toute froissée et sa mère ne lui pardonnerait pas sa négligence. Elle travaillait dans l'entreprise familiale et devait se montrer irréprochable, pour leur réputation.

Dans la cuisine, elle alluma la cafetière et beurra deux biscottes pendant que son café coulait. Elle avala son petit déjeuner en quelques minutes. Elle prit son sac, ses clefs et ouvrit la porte.

— Ne ferme pas à clef, lui cria une voix depuis la chambre.

Elle obéit et sourit. Elle imaginait leurs retrouvailles en fin d'après-midi.

Elle ne le savait pas encore, mais c'était la dernière phrase qu'elle l'entendrait prononcer.

1

5 années plus tard

La salle bondée n'attendait plus qu'elle. Le public scandait son prénom : « Éva, Éva, Éva… ». Il voulait sa star : plus que quelques secondes à patienter et elle entrerait sur scène. Elle but une dernière gorgée de café, en huma l'odeur âpre et fit craquer ses phalanges. Dans sa tête, tout se bousculait. Sa peau se couvrait de frissons. Elle se sentait à la fois impatiente, excitée, inquiète et nerveuse. Elle avait accompli la routine qu'elle effectuait avant chaque concert : elle s'était coiffée, maquillée, habillée et avait chauffé sa voix et ses doigts. Elle avait pris, dans la boîte ronde posée sur sa coiffeuse, un petit chocolat au lait praliné. Sa mère se moquait depuis toujours de ses superstitions. L'envie de commencer sa prestation combattait celle de fuir. Sa respiration se raccourcissait. Ses mains devenaient moites. Son cœur battait trop vite. Trois secondes s'écoulèrent. Elle toucha du bout des doigts ses oreillettes pour vérifier leur position et souffla à fond. Enfin, le régisseur lui fit signe…

La gorge serrée, elle avança sur la scène plongée dans le noir. À la première note de guitare, la lumière des projecteurs l'aveugla. Elle sentit tous les regards braqués sur elle. Ses fans hurlaient et applaudissaient. Elle n'avait plus le choix. Elle se dirigea jusqu'au piano, s'assit sur le banc de cuir blanc et ajusta son siège. Elle posa ses doigts sur le clavier et quand ses arpèges résonnèrent, quelque chose se passa en elle. Elle se transforma extérieurement et intérieurement. Le trac disparut. Elle redevint l'immense artiste Éva Sépia, que les gens adulaient et dont les ventes de disques ne faisaient qu'augmenter. La scène la transcendait. Chaque minute, son pouls ralentissait un peu plus. Elle huma les émanations particulières de la salle, curieux mélange d'odeurs de parfums, de transpiration et de poussière. Elle se sentait libre, forte et immortelle.

Elle termina les notes de l'introduction et entama les premiers mots de sa nouvelle chanson. Elle avait choisi de commencer par son dernier tube, contre l'avis de tous. Elle souhaitait instaurer dès le départ une connexion avec le public. Elle avait besoin de tout l'amour qu'il lui offrait. Sentir ce lien qui se créait, cette chaleur qui la traversait. Elle contemplait la foule sans toutefois établir de contact visuel. La lumière de la poursuite l'aveuglait et elle ne parvenait pas à discerner les visages. Elle n'aimait pas se produire devant ses proches. Les soirs où des amis étaient assis dans la salle, si elle croisait leurs regards, elle se déstabilisait très vite. Heureusement pour elle, personne de sa connaissance n'assistait au spectacle. Les musiciens qui l'accompagnaient depuis plusieurs années déjà et qu'elle avait sélectionnés avec soin, répondaient à merveille à sa prestation. La soirée s'annonçait belle. Elle sourit de plaisir.

Le public reprit le refrain d'une seule voix. Elle se sentit pousser des ailes. Elle passa sa langue sur ses lèvres. Son baume protecteur lui laissa un léger goût de vanille. Elle leva le poing sur les derniers mots : « Tu es ma liberté » et la foule en délire l'imita. Elle savourait ce moment rien qu'à elle, ce rendez-vous musical intimiste.

Elle défit le premier bouton de sa chemise. Des sifflements fusèrent dans la salle. Elle adressa un sourire sensuel à l'assemblée. Sur scène, elle endossait à merveille son rôle de bad girl. Depuis le début de sa carrière, elle ne laissait personne indifférent. Tantôt, on l'aimait, tantôt on la détestait. La presse à scandale en faisait ses choux gras et elle enchaînait les couvertures des magazines, ce qui ne lui posait aucun problème. Grâce à cette publicité, elle augmentait ses ventes et sa notoriété grandissait.

Elle ne devait son succès qu'à elle-même et à son talent. À sa majorité, son monde s'était écroulé. Patricia, une des stagiaires de sa maman, l'avait surprise en train d'embrasser Iris à pleine bouche au milieu des archives. Elle fut forcée de consulter des psys et Iris disparut de sa vie. Elle soupçonnait sa mère de l'avoir payée pour ça. La réputation de l'entreprise familiale, cotée au CAC 40, dont elle était l'unique héritière, ne devait être entachée par aucun scandale.

Ses blessures profondes avaient cassé quelque chose en elle, mais, des années plus tard, sur scène, elle était une autre : la musicienne, la chanteuse, la star. Tout le monde la connaissait, pourtant personne ne savait qui elle était réellement. Elle était parvenue à faire oublier ses origines. Elle n'ouvrait pas son cœur. Elle se protégeait, ne voulait plus souffrir. Elle caressa machinalement son tatouage en bas de son ventre.

Elle écarta un deuxième bouton. Des cris s'élevèrent. Elle aimait ça, provoquer et susciter du désir. Elle plaqua ses doigts sur les touches froides du piano et chanta. D'une seule voix, le public l'accompagna, les yeux brillants, les téléphones portables à bout de bras, créant dans la salle une nuée d'étoiles. Elle prenait plaisir sur scène, en se donnant ainsi en spectacle. Durant de nombreux mois, elle avait planifié chaque minute de ce concert grandiose. Elle avait sculpté son corps, travaillé ses cordes vocales, répété et encore répété. Ce soir, dans cette salle, devant toutes ces personnes, elle se sentait vivante.

Elle aimait percevoir les yeux de ses admirateurs et admiratrices qui la dévoraient, comme on bave devant un gâteau au chocolat recouvert de crème chantilly. L'amour qu'ils lui envoyaient lui réchauffait le cœur. Sa guitariste entama les riffs du morceau suivant et elle s'avança sur le bord de la scène, en serrant dans sa main le micro sans fil qu'elle venait de détacher de son pied. Elle sourit et prit quelques secondes pour observer le public. La lumière aveuglante de la poursuite rendait les gens anonymes et elle ne s'attardait qu'une fraction de seconde sur chaque visage. Pourtant, l'espace d'un instant, elle croisa des yeux incroyablement pétillants, envoûtants et magiques. Elle ne distinguait pas leur couleur, mais elle savait qu'ils étaient beaux. Elle le ressentait au plus profond de son être.

Elle ne la connaissait pas, mais les étincelles de malice produites par ce regard la perturbaient.

Quelle magnifique inconnue !

Son corps réagissait malgré elle. Une sensation étrange, un mélange d'excitation et d'angoisse lui comprimait le ventre. Elle aurait aimé pouvoir toucher sa peau du bout des doigts, la contempler en pleine lumière pour savourer intégralement sa beauté particulière. Mais pour l'heure, elle devait se ressaisir et continuer le spectacle. La foule scandait son prénom. Elle ajusta le micro et se concentra sur ses notes de musique. Pourquoi avait-elle remarqué cette fille ? Les autres soirs, le public restait anonyme et leurs regards coulaient sur elle comme une vague chaude, mais qui ne l'atteignait jamais. Aujourd'hui, elle savait que l'inconnue était là, debout, à côté de ses voisins, les yeux rivés sur elle. Elle les imaginait plongeants dans son décolleté. À cette pensée, elle glissa une de ses mains sur sa poitrine. Immédiatement, des sifflets se firent entendre.

L'inconnue la perturbait. Elle faillit en oublier de chanter le refrain. Si elle ne prenait pas sur elle, elle allait réaliser une prestation médiocre. Elle ne supportait pas l'échec, mais elle n'arrivait pas à se concentrer à cause de cette femme. Elle ne pouvait s'empêcher de regarder dans sa direction et elle passa sa langue sur ses lèvres. À la fin de la chanson, elle recula vers le fond de la scène pour attraper une petite bouteille d'eau et en boire quelques gorgées. Elle reprit sa place au piano pour interpréter une ballade romantique. « Tu es celle qui me fait vibrer. Quand je te vois, mon cœur se met à chanter ». Elle s'appliqua, en imaginant qu'elle ne se produisait que pour son inconnue. La dernière fois qu'elle avait ressenti ça, elle était tout juste majeure, mal dans sa peau, folle amoureuse d'une jeune femme prénommée Iris. Elle voulait que cette inconnue la désire aussi fort qu'elle avait envie d'elle. Elle défit un bouton de plus, dévoilant largement la dentelle de son soutien-gorge noir. Elle effleura le tissu ajouré du bout des doigts.

Elle devait se coller à sa guitariste pour le prochain morceau, une pop langoureuse, inspirée d'une chanson de Serge Gainsbourg. Elle espérait presque que cette inconnue serait un peu jalouse de voir qu'elle frottait sa peau contre celle d'une autre. Elle chanta le premier couplet et avança au centre de la scène pour rejoindre la musicienne qui amorçait un solo. Elles se placèrent dos à dos et elle chaloupa lentement avant de susurrer « Toi que j'aime ». Durant cette chanson, elle avait prévu de se déshabiller et de dévoiler la tenue qu'elle portait en dessous : un short en cuir sexy et un soutien-gorge noir, afin d'entamer le futur tableau, plus rock dans lequel elle incarnait une rebelle. Elle s'approcha du bord de la scène, et, tout en fixant l'inconnue, elle retira d'un coup sec son pantalon à la manière d'un chippendale, révélant à la salle comble, son corps parfait. Elle avait préparé la tournée en enchaînant exercices sportifs et régime équilibré. D'une main, elle se caressa en ondulant au rythme de la basse. Sa performance devenait de plus en plus sensuelle.

Lors de ses concerts, elle jouait et s'en amusait, mais jamais elle n'avait été encore excitée à ce point. Ce soir, elle réalisait cette performance pour cette inconnue, comme s'il n'existait plus personne d'autre sur cette planète à part cette femme. Contre la dentelle semi-transparente de son soutien-gorge, elle sentait ses tétons se durcir. Terminer ce spectacle s'annonçait difficile. C'était le dernier de la tournée, celui qui la ramenait sur sa terre natale. Elle devait poursuivre coûte que coûte. Elle rêvait de la serrer contre elle, de la faire monter sur scène, de l'attirer vers elle, de la coucher sur le piano et laisser sa bouche l'embrasser. Le public applaudissait et sifflait. Plus les chansons s'enchaînaient et plus elle la désirait. La sueur coulait sur son corps. Elle se concentrait, se donnait, dansait, voulait être encore meilleure, plus belle, plus séduisante, pour elle. Après le rappel, quand la lumière se fit dans la salle, elle la vit enfin comme en plein jour.

L'inconnue lui sourit.

2

Me voilà dans de beaux draps! Raphaëlle Lemoine avala sa salive. Elle ne comprenait pas ce qu'il venait de se passer. Elle se sentait tellement excitée ! C'était comme si Éva n'avait réalisé son show que pour elle. Au milieu d'une foule en délire, elle était à deux doigts de se caresser pour se soulager. Elle n'en était pas à son premier concert, mais c'est la première fois qu'elle rougissait en songeant à ce qui se produisait dans sa culotte. Éva avait été fabuleuse, sexy, rebelle, mi-ange et mi-démon : une grande vedette.

Pourtant, elle était venue à ce concert presque à reculons. Elle n'écoutait pas vraiment de musique. Elle travaillait beaucoup et n'avait pas le temps pour ça. Mais une cliente lui avait offert une place en lui demandant d'y aller, car c'était important pour l'affaire qui les préoccupait et dont elles allaient parler le lendemain. Elle avait songé à ne pas y aller. Elle avait plusieurs autres dossiers en attente, et la pile amoncelée sur son bureau n'avait rien de réjouissant. Elle fit la grimace. Elle avait envie d'une bonne dose de crème chantilly dans un café bien chaud. Sa balance tirait la tronche, alors elle l'avait rangée sous son lit. Plus tôt dans la soirée, elle s'était concocté un bol de compote, s'était glissée sous un plaid devant la télé avec son ordinateur, puis, prise de scrupules, elle s'était levée et apprêtée. Elle avait failli arriver en retard. Elle avait soupiré dans le public, pressée de subir ce concert pour enfin s'échapper, puis Éva Sépia avait fait son entrée. Quelque chose de mystique s'était alors produit et tout avait changé.

Raphaëlle était persuadée que l'artiste l'avait regardée durant sa prestation. *Elle*. Ses musiciens partageaient la scène, mais, subjuguée, elle n'avait eu d'yeux que pour cette belle vedette si sûre d'elle. Bien sûr, Éva était une grande star, certainement gardée de près. Ses fans étaient nombreux, ses prétendantes également. Raphaëlle n'avait aucune chance et elle le savait.

Je te veux et je t'aurai. Elle venait de le décider. Elle avait senti cette attirance, ce fluide qui passait entre elles. Je n'ai pas rêvé. Il lui avait semblé que la chanteuse avait remarqué à quel point elle l'avait ensorcelée. Pourtant ce n'était pas le genre de Raphaëlle. Elle n'avait plus envie d'une relation sérieuse : pas le temps pour ces bêtises. Elle avait tant subi au cours de sa vie, et sa dernière histoire avait été tellement foireuse, qu'elle en portait encore les cicatrices intérieures. Elle avait mangé de désespoir et de détresse et s'était juré qu'aucune autre femme ne la ferait plus jamais souffrir. Elle avait fermé son cœur. Elle avait mis toute son énergie à réussir professionnellement. Elle était la patronne. Elle était crainte. Elle avait du pouvoir.

Pourtant, à cet instant, après ce concert fabuleux, elle avait de nouveau envie de quelqu'un. Et pas de n'importe qui : *Éva*. Elle avait soif de sa peau, de son corps. Elle voulait la serrer dans ses bras et se réveiller à ses côtés. Toucher une femme pour lui procurer du plaisir lui manquait. Elle venait d'en prendre conscience. Elle avait envie de sentir ses mains parcourir son corps, de cette décharge électrique si spéciale qui se produisait seulement quand on était deux. Éva l'avait sortie de sa torpeur. Son désir était à son maximum. Mais elle ne pouvait pas forcer le service de sécurité et lui sauter dessus dans sa loge. Elle devait rentrer. Un rendez-vous professionnel l'attendait de bonne heure. Elle ne pouvait pas se permettre de passer une nuit blanche à espérer une hypothétique entrevue. Elle avait lu sur internet que les concerts d'Éva Sépia étaient inoubliables. Les influenceurs n'avaient pas menti. En effet, elle allait se remémorer très souvent, ce qu'elle avait ressenti au cours de la soirée, en suivant des yeux le corps mince et musclé d'Éva moulé dans un mini short en cuir et ses petits seins mis en valeur par de la lingerie sexy.

Elle sortit. L'odeur de la ville mouillée lui emplit les narines et une pluie fine et glacée la ramena sur terre. Elle rentra la tête dans ses épaules et remonta la fermeture de son blouson noir légèrement trop court. Elle frissonna. Elle regretta d'avoir oublié son écharpe. Le froid s'engouffrait dans son cou. Elle suivait le flot qui avançait d'un pas rapide. Un groupe de fumeurs créait des volutes au pied d'un lampadaire en riant bruyamment. La fumée lui irrita la gorge. Si elle avait pu serrer Éva dans ses bras, elles se seraient réchauffées mutuellement. Dans la poche de son jean, son téléphone vibra. Un message.

« Tout va bien ? »

Lola. Mince, elle l'avait complètement oubliée. Elle rougit. Elle tchatait avec cette fille rencontrée sur un site depuis plusieurs semaines. Lui écrire lui faisait du bien et comme Lola avait un emploi du temps trop chargé pour venir la voir, cela l'arrangeait. Elle voulait rester anonyme. Elle s'appuya contre le mur d'une maison et protégée par l'avant-toit, elle composa, en faisant courir ses pouces sur l'écran tactile :

« Ça va. J'étais sortie. »

Elle n'avait aucune idée de ce à quoi cette fille ressemblait. Elle s'en fichait, car elle ne comptait pas la voir un jour.

Elle avançait sur le trottoir en soupirant. Ses baskets renvoyaient un bruit d'eau à chaque fois qu'elle marchait dans une flaque. Elle s'était garée un peu loin. Elle regretta de ne pas avoir pris de taxi. Sa voiture flambant neuve, bourrée de gadgets dernier cri, qui la rendait si fière, apparut à l'angle de la rue. Elle souffla sur sa mèche de cheveux pour la remettre en place, mais elle retomba immédiatement sur son front. À son approche, le véhicule s'ouvrit en émettant un bip sonore.

« Je suis jalouse ;) »

Raphaëlle soupira. Elle savait que Lola la taquinait, mais ce soir, ce jeu ne l'amusait pas. Elle pensait à Éva et à son spectacle. Elle mit le contact et la radio se lança. Une ballade romantique résonna dans les haut-parleurs. Elle fit la grimace et lui demanda de s'éteindre. La voiture obéissait à sa voix, ce qui lui plaisait vraiment beaucoup.

Il y a deux mois, elle déprimait, allongée sous son plaid douillet tout chaud, et elle avalait sa deuxième mousse au chocolat couverte de chantilly. C'était le soir du cinquième anniversaire de la disparition de sa meilleure amie, sa luciole comme elle la surnommait. Pour éviter de penser à l'énorme vide que cette femme avait laissé dans sa vie, elle s'était inscrite sur un site de rencontres. Elle avait presque immédiatement regretté son geste. À vingt-trois heures vingt-sept, elle n'imaginait pas rencontrer grand monde et Lola lui avait envoyé un message, bidon, mais qui l'avait fait rire :

« Salut toi ! On crée le clan des insomniaques ? »

Son téléphone sonna : sa mère qui s'inquiétait. Elle avait complètement oublié de la contacter cette semaine. Elle prit une pastille à la menthe, retira son blouson pour le déposer sur la banquette arrière, monta le chauffage et se cala confortablement dans son siège.

Éva entra dans sa loge, s'assit sur l'unique chaise devant la coiffeuse et s'essuya avec une serviette blanche, moelleuse, en éponge. Elle avala un verre d'eau et se démaquilla rapidement. L'odeur du nouveau produit lui piquait les narines. Elle enfila un jeans, une chemise, un blouson et ressortit. Des fans patientaient. Ils l'appelèrent et elle s'arrêta pour leur signer des autographes en souriant.

Quand elle franchit enfin la porte, seule une dizaine de voitures garnissait le parking. La pluie redoublait et elle pressa le pas. Elle habitait tout près et attendre un taxi lui prendrait encore plus de temps que de marcher jusqu'à chez elle.

Ses courts cheveux noirs, trempés, dégoulinaient le long de son visage. Ses yeux bruns regardaient les gouttes d'eau qui tombaient dans les flaques en un clapotis régulier. Il lui suffisait de claquer des doigts pour avoir toutes les filles qu'elle voulait. Ce soir, elle en avait encore repoussé huit. Elle n'avait pas envie d'un câlin dans les bras d'une femme quelconque. Elle pensait à cette inconnue, à ses yeux clairs, à son magnifique sourire. Elle l'avait désirée tellement fort durant ce concert. Elle passa une main dans ses cheveux mouillés, se recoiffant inconsciemment. Elle regrettait son impatience. Dans un taxi, elle aurait eu plus chaud.

De la musique s'échappait d'une superbe voiture noire, elle tourna machinalement la tête dans sa direction. Elle reconnut immédiatement la conductrice et son pouls s'emballa. Sans réfléchir, elle avança jusqu'à la portière et frappa au carreau. L'inconnue parlait avec quelqu'un au téléphone.

Raphaëlle sursauta en entendant cogner contre sa fenêtre. Par réflexe, elle raccrocha et sentit son cœur faire des bonds dans sa poitrine. Elle appuya sur le bouton pour faire descendre la vitre et risqua, en ayant toutes les difficultés du monde à empêcher sa voix de trembler :

— Hé ! Viens t'asseoir à côté, t'as vu ce qu'il tombe ?

Elle retint son souffle, s'attendant à un refus, mais Éva fit le tour de la voiture ouvrit la portière passager. Elle s'installa à côté d'elle. Raphaëlle n'osait pas l'observer. Elle avait l'impression de rêver. Elle ressentait les yeux de l'artiste qui la dévisageaient de la tête aux pieds. Elle respira fortement plusieurs fois puis elle se résolut à tourner la tête dans sa direction. Elles se regardèrent profondément. Comme elles n'avaient jamais encore regardé personne auparavant. Éva lui prit la main. Aucune des deux ne parlait. La chanteuse, sous l'influx de l'adrénaline post concert, se sentait plus excitée que durant sa prestation. Savoir cette inconnue si proche d'elle, pouvoir enfin la toucher, la plongeait dans une sorte de béatitude. Ce qu'elle voyait envoyait à son cerveau des pensées incroyablement érotiques. Elle la désirait. Elle la voulait toute à elle, entièrement. Elle distinguait clairement, dans l'encolure de l'inconnue, la veine qui palpitait, trahissant son envie. Son souffle saccadé amplifiait le signal. Éva était surexcitée. Elle se pencha pour l'embrasser délicatement dans le cou. Raphaëlle sentait l'humidité augmenter entre ses cuisses. Elle s'empara de la bouche de la chanteuse et glissa doucement sa langue entre ses lèvres. Au diable ses résolutions. Ce soir, elle allait faire l'amour à cette femme, la caresser, la toucher. Dans cette voiture, elle allait la prendre passionnément.

3

L'habitacle n'était éclairé que par les voyants du tableau de bord et de l'autoradio, ce qui lui conférait une allure futuriste. Une odeur de voiture neuve flottait dans l'air. Des miettes de pain souillaient le sol et Raphaëlle se sentit honteuse de l'avoir laissée dans cet état. Elle avait mangé un sandwich au thon la veille et n'avait pas déblayé, comme à son habitude. Elle détestait faire le ménage, c'était un de ses plus gros défauts. Heureusement pour elle, elle gagnait bien sa vie et pouvait se permettre de payer une femme pour nettoyer sa maison et son bureau. Elle oublia très vite les miettes et son employée, car Éva lui empoignait le t-shirt, sans préambule, pour l'attirer contre elle. Elle glissa son autre main sous le fin tissu afin de pétrir, lentement, et tout en délicatesse, l'un de ses gros seins tout gonflés. À son tour, elle l'embrassa, écrasant fortement ses lèvres contre les siennes, cherchant sa langue avec la sienne, prenant le contrôle. La douceur de sa langue, qui avait un petit goût de chocolat, lui procurait des frissons. Raphaëlle fantasmait éveillée. Elle embrassait Éva Sépia. LA star adulée par des millions de personnes. Son corps trahissait son désir et son plaisir mélangés. Elle saisit la chevelure imbibée de cette magnifique femme qui la laissait à peine respirer, elle lui retira son blouson d'une main. L'averse l'avait tellement détrempé que le déshabillage s'avérait plus compliqué que prévu. Éva l'aida en envoyant son vêtement s'échouer sur la banquette arrière par-dessus le sien. Elle posa sa main gauche sur la cuisse de Raphaëlle. Ses yeux lançaient des étincelles de désir. Au bord de la route, seule la pluie battante qui dégoulinait sur les vitres et le pare-brise les dissimulaient des éventuels regards indiscrets des noctambules. Si le mauvais temps cessait brusquement, n'importe qui pourrait les apercevoir. Raphaëlle pudique et complexée par son corps un peu trop bien en chair, s'en inquiétait, mais Éva se sentait encore plus excitée de pouvoir être, à tout moment, surprise par un voyeur. Elle aimait mettre du piment dans sa vie. Pour inviter sa partenaire à poursuivre, elle dégrafa un par un les boutons de sa chemise, dévoilant une poitrine plus grosse que ce que sa silhouette ne le laissait présager, partiellement cachée par un soutien-gorge noir semi-transparent. Sa main gauche câlinait toujours la cuisse de Raphaëlle et ses doigts se rapprochaient dangereusement de sa zone très intime. Émoustillée par ces caresses appuyées, cette dernière détacha le jeans de la chanteuse d'une main. Elle prenait sur elle pour ne pas aller trop vite, pour ne pas gâcher ce moment qui devait rester magique, car il ne se reproduirait certainement jamais. Le bruit de leurs respirations fortes et saccadées résonnait dans l'air. De la buée commençait à se former sur les vitres, générée par leurs souffles chauds.

Éva marqua une pause pour observer un instant son inconnue, dont les interminables cheveux blonds retombaient en cascade dans le dos. Sa frange, à peine trop longue, lui revenait régulièrement dans les yeux et elle se mordillait la lèvre de façon provocante sans même s'en rendre compte. Sa poitrine était une des plus imposantes que la chanteuse n'ait jamais vue. Elle mourrait d'envie de se plonger dans ce décolleté, de titiller et de s'occuper de ces tétons, de se blottir contre ces immenses seins gonflés. L'endroit ne le permettait pas, la frustration la gagnait. La beauté spéciale de cette inconnue ne ressemblait en rien à celle des filles qui encombraient les magazines. Ses yeux clairs tellement expressifs et d'une couleur changeante, l'aspiraient immédiatement dans des lieux étranges. Ses grandes épaules larges donnaient envie de se caler dans ses bras pour être protégée. C'était comme si, près d'elle, tout danger ne pouvait exister. Éva ne manquait pas d'argent. Immense star, elle vendait des disques à foison, gagnait des prix musicaux. Elle se produisait régulièrement à guichet fermé. Elle possédait tout, un compte bien rempli, le succès, les connaissances, les amies, mais elle avait tracé un trait sur le véritable amour quelques années plus tôt. Pour n'importe qui, cette fille incarnait la perfection : une beauté de garçonne : yeux bruns, cheveux noirs, une bouche insolente.

Raphaëlle jouait avec l'élastique du boxer, mais n'osait pas s'aventurer plus loin. L'artiste lui prit la main et la glissa sur son entrejambe pour l'inciter à poursuivre. Raphaëlle ne put retenir un faible bruit de satisfaction, en constatant l'état dans lequel se trouvait sa partenaire. Une fleur d'Iris était tatouée juste au-dessus de son triangle intime. Jusqu'à ce soir, Raphaëlle ignorait ce détail et faire partie des privilégiés qui connaissaient ce petit secret la fit frissonner. Elle plongea sa tête dans le cou d'Éva et le lui mordilla avec gourmandise. Elle fit de même avec le lobe de son oreille. Elle sentait que la belle s'impatientait. Jamais elle n'avait éprouvé autant de désir pour une femme. Chaque seconde à attendre devenait plus lente que la précédente. Éva souhaitait écourter ces préliminaires qui duraient depuis trop longtemps. Elle dégrafa rapidement le pantalon de son inconnue et immisça ses doigts dans sa culotte pour câliner sa toison mal rasée. Elle cherchait déjà le petit dard tout dressé de sa partenaire qui se décida enfin à s'occuper du sien. Elles hésitèrent une fraction de seconde puis se caressèrent mutuellement et frénétiquement tout en s'embrassant, se mordant, se léchant. Cette rencontre inattendue les avait excitées à tel point que le plaisir montait vite, trop vite. Elles éprouvaient l'une comme l'autre cette sensation de plénitude. Elles gémissaient, respiraient fort et de la sueur sucrée coulait doucement le long de leurs corps. Une violente décharge électrique les saisit simultanément au creux de leurs reins qui se contractèrent en un soubresaut. Ressentir un orgasme aussi intense était quelque chose de rare dans la vie d'une femme.

Éva souriait heureuse. Elle savait qu'elle avait réussi à lui donner du plaisir et elle en était ravie. Elle avait fantasmé sur cette inconnue durant toute la soirée et n'avait pas imaginé qu'elle allait pouvoir la caresser dans sa voiture au bord de la route. C'était grisant, excitant, tellement incongru. Elle aurait bien aimé réitérer tout de suite. Elle était si belle, son inconnue, différente de toutes les autres. Elle possédait sur elle un pouvoir qu'elle ne s'expliquait pas, telle une sorcière, elle l'avait envoûtée. Elle n'avait toujours pas retiré ses doigts de la culotte humide et elle commençait à les remuer doucement. Pour son plus grand plaisir, l'inconnue se laissait faire, et amorçait des mouvements du bassin en rythme, prête pour un deuxième round. Le bruit de la pluie accompagnait celui de son souffle et l'odeur de voiture neuve se mélangeait à celle de l'amour. Elle embrassa son cou et sa bouche mentholée. Elle plongea son regard sombre dans les yeux bleu clair. Elle voulait la contempler. Encore. Plus elle accélérait les mouvements de sa main, plus son inconnue se pinçait la lèvre. Elle la fit jouir une seconde fois, plus lentement, plus intensément en lui mordillant les tétons à travers les étoffes de tissus.

Elles s'embrassèrent en un profond baiser, long et délicat. Une façon de se toucher, pour faire durer un peu plus longuement cette nuit magique. Les yeux bleus clairs de Raphaëlle brillaient encore d'extase. Éva avait l'impression d'avoir gravi le sommet l'Himalaya. Elle se sentait forte, triomphante, aussi heureuse que quand elle avait gagné ses disques d'or. Elle se recula sur son siège pour mieux l'observer. Lentement, maladroitement, elles refermèrent leurs boutons et rajustèrent leurs vêtements. Elles tremblaient encore un peu. Raphaëlle ne put s'empêcher de regarder par les fenêtres si personne ne les avait surprises. Elle souffla de soulagement. La rue déserte n'était perturbée que par les clapotis de l'averse.

Elles n'avaient toujours pas dit un mot depuis qu'elles étaient assises côte à côte. Éva s'étira, se pencha pour empoigner son blouson, l'enfila et ouvrit la portière. Elle se glissa à l'extérieur de la voiture. La pluie tombait un peu moins fort. Elle adressa un clin d'œil à l'inconnue avant de refermer et de reprendre la route pour regagner son loft douillet et plonger dans son lit bien chaud.

4

Raphaëlle soupira en regardant les dizaines d'e-mails non lus qui s'affichaient en cascade sur son écran. La femme de ménage avait bien travaillé et l'odeur des produits d'entretien flottait dans l'air. Huit heures du matin n'avaient pas encore sonné et elle occupait déjà son poste, les fesses sur sa chaise, prête à en découdre avec cette nouvelle journée. Elle n'avait quasiment pas dormi. Elle repensait à Éva. Elle rêvait de la revoir. La star avait fait la une de la presse locale, qui avait bien insisté sur le fait qu'elle avait donné le dernier concert de sa tournée. Il se passerait au moins deux ans avant qu'elle ne se produise à nouveau. Plus de sept cents jours à attendre pour l'apercevoir sur scène. Les larmes lui montèrent aux yeux. Son téléphone portable émit un bip sonore. Elle venait de recevoir un SMS de Lola : « Tout va bien ? ». Elle résista au désir de répondre « Non » et préféra : « Coucou ! Nickel. Je bosse. Comme toujours ! » Elle avait passé la moitié de la nuit à regarder les vidéos YouTube de l'artiste et à admirer ses photos. Elles ne se reverraient jamais. D'ailleurs, Éva ne lui avait même pas demandé son prénom. Elle ne représentait pour elle, qu'une fille quelconque, qui avait été là au bon moment, un soir de pluie, alors qu'elle n'avait pas envie de rentrer chez elle, un portrait de plus accroché à son tableau de chasse.

Raphaëlle attendait madame Delaroche qui devait lui confier une mission très importante. Elle détestait cette femme, arrogante, la voix haut perchée, tellement botoxée que ses traits semblaient figés. Elle la payait bien. Elle aurait sa vengeance. Elle devait juste se montrer patiente. Elle était persuadée que cette femme n'était pas étrangère à la disparition brutale de sa meilleure amie, cinq ans plus tôt. Cette dernière lui avait avoué que Delaroche l'avait menacée et qu'elle craignait pour sa sécurité. Depuis, elle n'était pas réapparue. Raphaëlle s'était juré de faire toute la lumière sur cette histoire. Elle avait deviné que la mission du jour était spéciale, car la vieille lui avait fait signer des clauses de confidentialité. Elle devait dénicher une vidéo compromettante dont elle ignorait le contenu. Vu la somme qu'elle toucherait en cas de réussite et toute la paperasse en amont, si cette vidéo devenait publique, elle risquait de faire très très mal. Raphaëlle se passa la langue sur les lèvres. Delaroche avait martelé : « Peu importe les moyens utilisés » Raphaëlle alluma la cafetière et plaça une dosette sur le support. Elle n'avait pas encore pris son petit déjeuner. Pendant que l'eau chauffait dans un bruit de vapeur, elle se demandait ce qui se trouvait sur ces images. Elle en oublia presque de poser la tasse sous le jet. Quelle cruche ! Elle envoya un message à Lola, juste comme ça, pour sentir qu'elle comptait pour quelqu'un : « T'as passé une bonne nuit ? » Son flirt ne se levait jamais de bonne heure. Elle travaillait peut-être de nuit, mais elle n'avait jamais voulu dévoiler son métier à Raphaëlle, qui ne s'était pas montrée plus volubile. Lola semblait être tombée du lit ce matin et elle se demandait pour quelle raison. Ses longs cheveux blonds regroupés en chignon lui conféraient un air plus sérieux. Elle avait enfilé un tailleur-pantalon gris-anthracite et une chemise blanche qui moulait un peu trop ses formes. Elle prit une barre de céréales aux pépites de chocolat dans le premier tiroir de son bureau. Même en parcourant des yeux les volutes de son café qui s'échappaient vers le plafond, elle ne pouvait s'empêcher de penser à Éva. Elle ne connaissait pas non plus son prénom. Éva était sûrement un pseudo, son nom de scène. Le bruit des éboueurs qui passaient dans la rue ne suffisait pas pour atténuer les effets que ses souvenirs avaient sur son corps tout entier. Ce moment volé dans la nuit avait été magique. Elle dégageait une aura spéciale depuis, car, pour la première fois, sa voisine lui avait lancé un regard enjôleur sans équivoque. Si elle l'avait souhaité,

Raphaëlle aurait pu profiter de la situation et commencer la journée de manière très agréable. Mais elle n'avait pas envie d'une autre femme. Elle voulait goûter encore au corps de cette artiste au caractère bien trempé. Elle l'avait choisie elle. Pour un soir peut-être, mais choisie quand même. Elle avait glissé sa main dans ses sous-vêtements, elle lui avait donné du plaisir. Raphaëlle ferma les yeux de bonheur en repensant au petit tatouage en forme de fleur d'Iris.

— Madame Lemoine ? Vous vous sentez bien ? Vous faites vraiment une drôle de tête ! Vous devriez dormir davantage. Avoir un bon sommeil est in-dis-pensable, la sermonna une voix stridente dans la pièce.

Raphaëlle étouffa un soupir. Les joues encore écarlates de confusion, elle scruta la nouvelle arrivante. Madame Delaroche s'assit au bureau en face d'elle, en croisant les jambes, comme l'exigeait sa jupe rouge. Elle n'avait pas attendu l'invitation de rigueur. Heureusement, prête, Raphaëlle avait posé des feuilles et un stylo sur la table. Avec un peu de chance, la vieille dame oubliera vite qu'elle l'avait surprise en position de faiblesse.

Puisque Delaroche avait déjà pris place, elle n'était pas obligée de serrer sa main, trop flasque et osseuse. Ce contact la rebutait.

La richissime madame Delaroche jeta un regard dédaigneux à la tasse fumante qui refroidissait et à la tablette de chocolat ouverte sur le bureau.

Raphaëlle s'empressa de la ranger et offrit un café à sa cliente qui refusa en esquissant une grimace :

— Vous n'y pensez pas, un café ! Je tiens à garder la forme : pas de caféine, repas équilibré, nourriture saine. Vous devriez en faire autant, mademoiselle. Quand on occupe votre fonction, on se doit d'être irréprochable. Je peux vous donner les coordonnées de ma diététicienne si vous le souhaitez. J'ai également un bon coach personnel, qui parvient à nous faire accomplir des miracles. Vous devriez vraiment faire quelque chose pour ces bourrelets disgracieux.

Raphaëlle songea : *Tu sais ce qu'ils te disent mes bourrelets vieille peau ?* mais elle ne répondit pas, préférant croiser ses mains sur son bureau. Le contact doux du bois l'apaisa.

— Alors, ma chère, j'attends de vous que vous me disiez qui possède ses affreuses vidéos, que vous les effaciez de tout support. Vous devrez me fournir également le nom des personnes responsables. Je m'occuperai de la suite.

Raphaëlle prit sur elle pour ne pas exploser. Elle fulminait intérieurement. Elle espérait parvenir à cacher toute l'aversion qu'elle avait pour cette femme. *Elle se paie du champagne, un coach, des croisières, et détruit les vies de ceux qui lui barrent la route.* Raphaëlle détestait de plus en plus son métier. Elle avait débuté en sécurité informatique et se retrouvait à espionner des gens. Sa bonne humeur matinale commençait à disparaître. Comme si elle avait compris qu'il fallait la motiver, madame Delaroche, toute de rouge vêtue, plongea la main dans son minuscule sac pour en retirer un chéquier dont l'étui était décoré de petits diamants. Raphaëlle ne douta pas une seconde de leur véracité.

— Nous nous étions mis d'accord sur cette somme, je crois ? lui demanda-t-elle en alignant un nombre à six chiffres.

Raphaëlle se força à sourire.

Si elle voulait payer ses factures, elle ne devait pas se montrer trop regardante. Pour l'instant, c'était ainsi qu'elle gagnait sa vie. Il fallait qu'elle l'admette.

— Je m'attelle à votre problème au plus vite, s'empressa-t-elle de répondre. Vous devriez très bientôt avoir de mes nouvelles.

Le parfum fleuri de Delaroche lui donnait la nausée. Elle marqua une pause. Devant l'absence de réaction de son interlocutrice, elle ajouta :

— Il va de soi que tout ce que je découvre rentre sous le sceau du secret. Je ne divulgue jamais ce que j'apprends. Vous pouvez avoir confiance en moi.

Quand elle entendit ces mots, un petit sourire de satisfaction s'afficha sur le visage de madame Delaroche.

— Évidemment, c'est pour cela que je vous ai payée, répondit-elle en désignant le chèque du doigt.

Sans oser entrer, la secrétaire patientait dans l'embrasure de la porte. Elle savait se montrer discrète. Du menton, Raphaëlle lui fit signe qu'elle pouvait aller s'installer à son poste au fond la pièce. De toute manière, les gens de la trempe de Delaroche ne remarquaient jamais les sous-fifres. Ils ne voulaient négocier qu'avec les chefs.

Raphaëlle se caressa la joue. Elle avait choisi Julie, la timide secrétaire, aussi douce qu'un ourson en guimauve pour son efficacité. Pourtant, contrairement à ce qu'elle pensait, Delaroche s'était rendu compte de son existence.

— Vous devriez prendre exemple sur votre employée, très chère ! Elle a grand soin de son corps et ça se remarque im-me-dia-te-ment, déclara-t-elle en admirant les courbes parfaites de la petite rousse qui rosissait.

Ignorant Raphaëlle, Delaroche avança jusqu'au bureau, en déportant son parfum infect. Elle s'arrêta devant Julie pour lui tendre une de ses cartes de visite. Elle lui murmura :

— Appelez-moi ! J'embauche toujours des gens comme vous, efficaces, discrets et beaux.

Des yeux, Julie cherchait de l'aide auprès de Raphaëlle qui prenait sur elle pour ne pas exploser. *J'aurais bien besoin d'une partie de jambes en l'air pour me détendre et décompresser.* Comme Delaroche ne bougeait pas, Julie empocha la carte et Raphaëlle constata avec soulagement que sa cliente revenait s'asseoir vers elle. Elle tira sur sa chaise qui grinça bruyamment sur le parquet.

Raphaëlle soupira. Pour que sa vengeance puisse s'accomplir jusqu'au bout, elle devait suivre son plan à la lettre. Elle voulait la ruine de la dynastie Delaroche. Elle désirait que cette femme finisse sans un sou, humiliée, que chaque nuit avant de s'endormir, elle pense à Raphaëlle, et surtout à sa meilleure amie, qui avait disparu à cause d'elle.

Raphaëlle passerait le restant de sa vie, s'il le fallait, à trouver ce qui lui était arrivé. À l'époque, elle devait lui présenter son nouveau flirt, une compagne fabuleuse. Elles avaient prévu une soirée raclette et karaoké. Ce repas n'avait jamais eu lieu.

Quand cette femme ignoble quitta son bureau, emportant son parfum et son air hautain, Raphaëlle se leva pour ouvrir une fenêtre. Dans son tiroir, elle prit la tablette de chocolat entamée et en engouffra une raie en songeant : *Delaroche va le payer très cher.*

5

Éva regardait ses docks Martens trempées et les traces qu'elle laissait sur le sol dallé. Durant les quinze mois de sa tournée, elle avait rêvé de la tarte aux framboises de chez Cathy Délices, avec son surplus de Chantilly, accompagné de son bon café chaud. Elle aimait la tranquillité de cette pâtisserie/salon de thé et son décor épuré hygge : bougies, fauteuils confortables, coussins moelleux.

Sa montre connectée indiquait neuf heures du matin. Elle s'était levée trente minutes plus tôt et avait pris une douche rapide. Son sommeil agité l'avait gardée debout une bonne partie de la nuit. Une folle envie de tarte aux framboises l'avait envahie. Son blouson à peine enfilé, elle avait marché jusque là. Juste devant elle, deux vieilles dames achetaient des chaussons aux pommes. Elle patientait à un mètre. Elle n'était pas pressée. Ses vacances débutaient.

Pourtant le programme de la journée ne l'enthousiasmait guère. Elle devait voir sa mère, qui l'avait fait appeler par des assistants toute la semaine dernière afin de convenir d'un rendez-vous. Lasse, elle avait fini par accepter. Dans moins d'une heure, elle se tiendrait face à elle, dans un bureau gigantesque, rempli de signes ostentatoires de richesse. Juridiquement, elle restait sa fille, même si elle évoluait loin de cette sphère des affaires.

Elle ne supportait pas cette famille pour laquelle seuls l'argent et la réputation comptaient. Les gens n'étaient que des pions pour réussir à amasser toujours plus. Si quelqu'un se mettait en travers de leur route, ils s'en occupaient de façon plus ou moins légale. Ce manque de considération la dégoûtait. Plusieurs fois dans l'année, elle était tenue de participer à des réunions exceptionnelles. Elle espérait vainement parvenir à les faire revenir sur certaines de leurs décisions, mais que vaut une voix face à toute une assemblée de personnes à genoux devant la cheffe ?

Son téléphone vibra. Un message de Framboise. C'était le pseudo de cette fille de la région qu'elle avait draguée sur internet, mais qu'elle n'avait jamais vu. Elle sourit et lui répondit : « Moi aussi j'ai envie d'un café. » Elle avait espacé les SMS depuis ces derniers temps et Framboise s'en était rendu compte. Mais depuis ce moment torride dans la voiture, Éva ne pensait plus qu'à son inconnue.

Elle en avait caressé des peaux, goûté des bouches, fait jouir des femmes, mais elle n'avait jamais encore ressenti ça avec aucune autre. Elle aimait le sexe pour le sexe et faisait très attention de ne jamais s'attacher, c'était un de ses principes fondamentaux. Mais pour la première fois, elle avait eu envie de prendre soin de quelqu'un. Lâche, elle avait fui ce soir-là. L'inconnue avait sans doute été choquée par un tel comportement, mais ce sentiment nouveau l'avait effrayée. Depuis cette folle soirée, le sourire ne quittait plus ses lèvres.

— Coucou ! Si tu cherches ma voiture, elle est garée devant la boutique.

Éva se retourna brusquement. *Cette voix... elle ressemble à celle de... non... c'est impossible.* Elle s'apprêtait à répliquer, mais elle resta pétrifiée, la bouche ouverte, sans arriver à parler. Comme une enfant, elle rougit. Son inconnue se tenait devant elle, les bras croisés sur sa généreuse poitrine. Ses yeux clairs pétillaient plus que jamais et son sourire était à tomber. Elle la trouvait sexy en diable.

— Au fait, je m'appelle Raphaëlle, poursuivit-elle, en lui adressant un clin d'œil provocateur.

Éva baissa la tête gênée, par son trouble.

— Éva.

Puis elle bredouilla : « Salut toi ! »

Raphaëlle lui fit signe que les vieilles dames venaient de partir et qu'il fallait avancer, la vendeuse attendait derrière son guichet. Elle faillit tomber en se retournant un peu trop vite. Raphaëlle se colla dans son dos et passa ses bras autour de son bassin pour l'aider à se rétablir. Ce contact causa un effet immédiat sur leurs corps. Elle relâcha son étreinte et la chanteuse réclama deux tartelettes à la framboise recouvertes de crème chantilly et deux cafés.

— Tu trouveras bien cinq minutes pour manger avec moi ? demanda-t-elle à Raphaëlle en tournant la tête dans sa direction.

— Si tu veux, répondit cette dernière, tout sourire, en tendant sa main pour prendre une assiette.

— T'inquiète, je maîtrise, je nous apporte ça. Va t'asseoir, proposa-t-elle en désignant une place du menton.

Raphaëlle tira une chaise en bois de dessous la table ronde en chêne clair. Cette rencontre inespérée la mettait dans tous ses états. Elle se sentait à la fois ravie de la revoir et anxieuse de ne pas se montrer à la hauteur. *Si la magie nocturne disparaissait ?*

Devant chaque siège, Éva déposa une assiette de porcelaine blanche garnie d'une tartelette à la framboise surmontée d'un tourbillon de crème chantilly vanillée, ainsi qu'une tasse de café noir. Elle retira son blouson de cuir et l'installa sur son dossier. Tout sourire, elle s'assit et découpa un gros morceau avec sa cuillère avant de l'engloutir. Raphaëlle l'observait avec envie. Gourmande, mais sans un gramme de trop sur les hanches.

— À quoi tu rêves ? lui demanda Éva qui venait de remarquer que la jeune femme n'avait pas encore touché à sa pâtisserie.

— Si je te dis de toi, tu me croirais ?

Éva ne répondit rien, mais avança ses jambes jusqu'à la frôler. Elle voulait la provoquer, déclencher chez elle une réaction. Elle désirait parler de l'autre soir, sans oser aborder le sujet la première. Son pouls s'emballait et elle avait le trac, encore plus fort qu'avant de rentrer en scène. Un trac différent. Si elle la décevait, elle manquerait sa chance. L'enjeu était tellement important, qu'elle en perdait tous ses moyens.

— Ouah… Ça faisait un moment que j'avais envie de cette fameuse tarte, l'informa-t-elle en coupant un nouveau morceau plein de crème.

— Je t'assure que je n'en mange jamais à cette heure-là. Mais j'avoue que c'est un de mes péchés mignons.

— Je ne te mets pas en retard au moins ?

— C'est moi la patronne. Je ne vais pas me virer, répliqua Raphaëlle, en lui adressant un sourire charmeur.

Éva sentait la chaleur qui gagnait son corps. *Patronne*. La façon dont cette femme avait prononcé ce mot l'avait émoustillée. Elle avait envie qu'elle prenne les choses en mains avec elle, qu'elle soit la cheffe.

Raphaëlle remplit une grosse cuillère de crème, qu'elle savoura en fermant les yeux. Chez elle, elle en aurait ajouté dans son café. Elle hésita une dizaine de secondes, puis la gourmandise l'emporta. Le sucre améliorait toujours le goût du café.

Son téléphone vibra. Elle soupira quand elle vit le nom qui s'affichait sur l'écran.

— Oui madame Delaroche. Oui, j'ai parfaitement compris. D'accord madame Delaroche. Je vous assure que je m'en occupe.

Elle raccrocha en pestant à voix haute « Quelle conne ! »

Éva avait pâli.

— Ça ne va pas ? Tu te sens mal ? s'inquiéta Raphaëlle, en plissant les yeux.

— Tu… tu parlais avec qui là ? bredouilla la chanteuse d'une voix blanche.

— Astrid Delaroche. Je dois accomplir une mission pour elle.

Éva soupira. Après avoir engouffré son dernier bout de tartelette, elle avoua :

— Cette conne, comme tu dis, c'est ma mère.

Raphaëlle en lâcha sa cuillère. Elle recula instinctivement sur sa chaise. Elle fixait Éva, les yeux grands ouverts. Comment était-ce possible ? se demandait-elle. Je me suis renseignée sur la famille, j'ai lu les journaux, mais jamais rien n'avait filtré sur le fait qu'Éva Sépia soit une Delaroche.

— J'ai l'impression que tu me hais. Arrête de me regarder comme ça, supplia l'artiste, en reposant sa tasse de café.

— Je suis simplement surprise, se défendit Raphaëlle. Je… ne m'attendais pas à ça.

— Sortir avec une chanteuse ça te va, mais pas avec une Delaroche, c'est ça ?

— Tu ne ressembles pas à ta mère.

— Merci du compliment. Je la déteste.

Si tu savais à quel point moi aussi, pensa Raphaëlle. La profondeur des yeux sombres de la belle caressait son regard. Elle avait envie de l'embrasser, mais c'était une Delaroche.

— Écoute, je dois y aller, l'informa Éva en se levant. J'ai rendez-vous avec le diable, justement. Si tu veux encore me donner une chance, viens à cette adresse pour vingt heures.

Elle griffonna quelques mots sur un mini bloc-notes et tendit une page pliée que Raphaëlle rangea dans sa poche.

6

Quand Éva arriva à la réception, une blondinette en mini jupe et top ultra moulant la dévisagea des pieds à la tête. Sa grimace de dégoût en disait long sur ce qu'elle pensait de l'accoutrement de la chanteuse. Le cuir n'était pas le genre de la maison. Les filles sans maquillage non plus.

— Avez-vous rendez-vous, mademoiselle ?

— Astrid Delaroche m'attend.

— Dernier étage. Porte du fond.

Éva sourit en lui tournant le dos. Son bonnet vissé sur la tête, le blouson fermé jusqu'en haut, elle restait anonyme. Personne ne pouvait la reconnaître. Elle jeta un coup d'œil à sa montre : elle était en retard.

Elle frappa. Sa mère l'invita à entrer.

Astrid était assise derrière son imposant bureau de verre. Elle regardait sa fille d'un air sévère.

— Vraiment. Tu as vu à quoi tu ressembles ? la sermonna-t-elle en se levant.

— J'essaie de passer incognito. Pour éviter les fans, se justifia Éva en haussant les épaules.

Il faisait au moins vingt-cinq degrés. Sa mère était de plus en plus frileuse. Son cœur de pierre l'avait transformée en quelque chose d'inhumain. Éva retira son bonnet et son blouson et Astrid la jaugea des pieds à la tête, en soupirant.

— Je vais nous faire apporter du thé vert, déclara-t-elle en appuyant sur le bouton servant à appeler son assistante.

Patricia, la femme qui occupait cette fonction avant elle avait su gravir les échelons. Stagiaire cinq ans plus tôt, elle avait obtenu ce poste très grassement payé. C'était une des rares personnes qui avait tenu plus de deux ans sous les ordres de Delaroche. Éva soupira.

— Tu sais bien que je n'aime pas ça, grogna-t-elle en s'asseyant sur la chaise transparente, qui faisait face à celle de sa mère.

Elle craignait de la briser à chaque fois qu'elle y appuyait ses fesses. Une métisse aux yeux verts, aux courbes parfaites, selon les critères de la patronne, s'avança, les mains encombrées par un plateau contenant deux tasses de thé à la forte odeur de citron. Elles s'entrechoquaient avec un bruit de céramique.

— Merci, Noémie, dit Delaroche en s'écartant pour lui permettre de déposer ce qu'elle tenait. (Puis, s'adressant à sa fille, elle rétorqua :) Tu devrais en boire, c'est bon pour la santé.

Elle fixa Noémie et lui déclara : « Ce sera tout ».

— Tu ne m'as pas fait venir pour parler détox, la coupa Éva en saisissant la statue de guépard en cristal qui trônait sur le bureau.

— Pose-moi ça, tu vas le casser, s'affola Astrid en agitant ses bras en l'air.

Éva leva les yeux : *mère et sa fichue passion pour le cristal !*

— Qu'est-ce que tu veux, lui demanda-t-elle ?

— Patricia est partie, chuchota Astrid d'une voix sombre.

— C'est tout ? Je n'ai rien à voir avec ça, qu'est-ce que tu veux que ça me fasse ?

— Je sais…

Astrid hésita un instant. Elle se leva, tourna le dos et regarda par la fenêtre. Après quelques secondes de silence, elle ajouta :

— Ne... crois pas tout ce que tu pourrais entendre à mon propos.

— Ouais. Je vais y aller. J'ai encore des trucs à faire.

— J'avais pensé que nous pourrions dîner ensemble, déclara Astrid en la retenant par le bras.

— Tu avais mal pensé.

Elle se leva doucement et, sans quitter sa mère des yeux, remit son blouson et ajusta son bonnet

Raphaëlle se demandait dans quel endroit Éva l'avait invitée. Elle avait recherché l'adresse sur internet, regardé l'itinéraire, mais il n'y avait rien de spécial aux coordonnées indiquées. *Et si c'était un piège ? Une Delaroche. Allaient-elles simplement se retrouver dans sa voiture, comme l'autre soir ?*

À l'heure dite, elle attendait au volant, dans une arrière-cour sombre. Elle tapotait nerveusement sur ses cuisses et alluma le plafonnier pour se rassurer. Elle rajusta sa robe noire très décolletée, qu'elle avait sélectionnée spécialement pour l'occasion. Elle voulait qu'Éva la contemple comme l'autre nuit. Elle avait enfilé des bas noirs retenus par un porte-jarretelles assorti. Elle s'était subtilement maquillée. Une silhouette se détacha au loin. À travers les carreaux, elle ne distinguait pas de qui il s'agissait. Elle replaça sa poitrine, jeta un dernier regard dans le rétroviseur pour vérifier son apparence et attendit en bloquant son souffle. Le désir réveillait son corps. Elle avait tout fait pour mettre ses courbes généreuses en valeur. On frappa à sa vitre.

— Vous avez un problème mademoiselle ?

Ce n'était pas Éva, mais une belle femme blonde et mince d'une vingtaine d'années, dont les yeux très clairs pétillaient de malice. Sa silhouette, délicieusement moulée dans une mini jupe rouge et un top très près du corps, était fort plaisante à regarder.

Oubliant Éva, qui était en retard, elle répondit en affichant son sourire le plus enjôleur :

— Je crois qu'on m'a posé un lapin.

Pourquoi Éva aurait-elle eu la moindre considération pour moi, puisqu'elle avait toutes les filles qu'elle désirait à ses pieds ? La femme se pencha par la fenêtre ouverte et s'offrit une vue plongeante sur les attributs de Raphaëlle. La nouvelle venue était parfaite, comme celles qu'on retrouvait retouchées dans les magazines. Raphaëlle pensa qu'un léger flirt ne l'engagerait à rien.

— Vous êtes arrivée pour sauver ma soirée ? poursuivit-elle, en passant la langue sur ses lèvres.

— Ça se pourrait bien. Je m'appelle Mila, énonça la pin-up avec un délicat accent slave, qui n'avait pas frappé Raphaëlle la première fois.

— Raphaëlle.

— Ton rencard a tort de laisser une femme aussi jolie que toi attendre seule dans la nuit.

Raphaëlle se sentit flattée, mais elle ne lui faisait aucun effet. Éva avait changé la donne.

— Eh bien… Tu ne perds pas de temps ! s'écria une voix provenant de l'arrière.

Des frissons couvrirent la peau de Raphaëlle. *Éva.* Toute sa rancœur avait été effacée en un instant. *Elle est là. Elle est venue pour moi.*

Aucune de ses ex ne l'avait jamais mise dans un tel état. Rien que de l'apercevoir, ses tétons durcissaient, ses sens étaient décuplés. Son corps s'humidifiait dans son tanga noir. Le souvenir de l'autre soir et de ses doigts qui la caressaient amplifiaient sa libido. Ces rencontres secrètes lui faisaient de l'effet. Éva ouvrit la portière et s'installa sur le siège passager. Elle la regarda. La chanteuse se pencha au-dessus d'elle et posa ses lèvres sur les siennes en insérant doucement sa langue dans sa bouche. Elle sentait bon un mélange de savon, de floral et de boisé. Son haut très moulant dévoilait l'absence de soutien-gorge et son jean skinny cachait peu sa silhouette parfaite. Elle était sexy en diable. Entre la blonde et la brune, Raphaëlle avait l'embarras du choix. *Mila avait-elle reconnu son illustre voisine ?*

— T'es en retard, protesta Raphaëlle pour la forme.

Éva posa une main sur la cuisse de Raphaëlle et commença à remonter le long de sa jambe, en fixant Mila droit dans les yeux. Raphaëlle était troublée d'être caressée de la sorte devant une inconnue. Les doigts semblaient apprécier le porte-jarretelles avec lequel ils jouaient.

— Tu attends quoi ? Je ne prête pas, déclara Éva en défiant Mila du regard.

Raphaëlle se sentait flattée que deux belles femmes se battent ainsi pour elle. Ce n'était pas si souvent que cela arrivait. C'était même la première fois.

Mila esquissa un salut de la main avant de repartir par où elle était venue. Éva frémit et se redressa, fière comme un coq dans une base-cour. Délaissant le corps de Raphaëlle, elle attacha sa ceinture.

— On y va ? demanda-t-elle en se recoiffant avec les doigts.

Raphaëlle sourit.

— On va où au fait ?

— Mais, où tu veux.

Raphaëlle soupira. Elle avait espéré que, ce soir, Éva lui en dévoilerait un peu plus, qu'elle découvrirait un pan de sa vie. Elle rougit en songeant qu'elle ne pouvait pas l'emmener chez elle. Elle n'avait pas rangé ses dossiers et son intérieur ne correspondait pas à l'image qu'elle désirait montrer. Sa femme de ménage avait pris des jours et n'avait pas remis de l'ordre dans son bazar.

Réfléchis. Vite.

Elle avait choisi de la conduire dans son restaurant préféré. Une délicieuse odeur de sauce italienne les fit saliver. Éva demanda poliment une table à l'écart, pour plus de discrétion. Un jeune homme bien habillé, au teint mat, aux yeux aussi sombres que ses cheveux, les escorta jusqu'à leur place. Raphaëlle s'assit et Éva, encore debout, eut une vue imprenable sur ses gros seins. Le souvenir de ses mains les caressant refit immédiatement surface. Elle déclara, en s'installant à son tour :

— Tu es vraiment très belle Raphaëlle. Ce beau sourire met en valeur tes yeux.

Cette dernière, flattée, mais quand même agacée d'avoir attendu, demanda :

— Alors comme ça, tu ne prêtes pas ?

Éva retira son blouson sans répondre. Les murs peints en rouge rappelaient le drapeau italien. Les chaises noires et leurs galettes assorties étaient à la fois fermes et confortables. Raphaëlle se sentait bien. Du plat de la main, elle effaça un pli sur la nappe à petits carreaux blancs et rouges. Les couverts étaient posés sur des sets de table blancs. Leur couleur argentée brillait sous les lumières des plafonniers.

— C'était peut-être la femme de ma vie, poursuivit Raphaëlle d'une humeur taquine.

— Tu rigoles ? Cette fille ? Je n'y crois pas une seconde.

Éva tapa sur sa tempe avec son index et maugréa :

— Elle n'est pas faite pour toi.

— Parce que tu le sais mieux que moi ? Elle était belle, drôle, avait un charmant accent…

— Ouais, mais si tu aimes ça, je peux en faire des tas d'accents : alsacien, ch'ti, méditerrannéen, franc-comtois et la liste est non exhaustive.

Raphaëlle la fixa droit dans les yeux et eut le bonheur de la voir rougir. Elle adorait la manière dont cette fille la regardait, avec envie. Elle avait une petite idée de la façon dont elle allait s'y prendre durant le repas pour mettre tout son corps en émoi, une nouvelle fois.

— Tu étais jalouse, avoue, la taquina Raphaëlle en replaçant ses cheveux d'un mouvement de tête affriolant.

Éva croisa les bras et en faisant la moue se récria :

— Alors là, pas du tout ! T'inquiète ! Ça ne risque pas.

Cette femme était diablement sexy. Sa nuque dégagée donnait envie à Raphaëlle de la couvrir de baisers dans le cou. Elle était flattée de susciter son intérêt. Elle sourit.

— Tu mérites mieux qu'elle c'est tout, se défendit Éva. Elle avait l'air de faire le trottoir !

Le rire de Raphaëlle éclata dans le silence.

— Bon. Tu as gagné. J'avoue. Je suis ravie que tu m'aies choisie, ajouta Éva en lui prenant la main.

— Si tu n'étais pas arrivée, qui sait ce qui aurait pu se passer ?

— Mais je suis là…

— C'est ta mère qui t'a retenue ?

— J'y suis restée cinq minutes. Nous sommes… en froid je dirais.

— C'est donc pour te réchauffer que tu te tapes des inconnues au milieu de la nuit, dans leurs voitures ?

Raphaëlle se mordit la lèvre. Elle regretta ses paroles. À force de vouloir mener le jeu, elle était allée trop loin.

— Je reviens, lui énonça Éva.

Elle se leva brutalement de table et partit en empoignant son blouson.

7

Raphaëlle tapotait sur la table. Un couple de jeunes venait de faire son apparition et les effluves d'eau de toilette bon marché de l'homme emplissaient l'atmosphère. Certaines personnes ne pouvaient s'empêcher de se parfumer à outrance à chaque fois qu'elles sortaient. Elle détestait ça. Les conversations des clients la gênaient pour percevoir les pas d'Éva, mais son intuition lui soufflait que la chanteuse filait à l'anglaise. Elle refusait de s'avouer vaincue. D'un, cette femme lui plaisait beaucoup et de deux, c'était une Delaroche. Au regard des mauvaises relations qu'elle entretenait avec sa famille, ce n'était pas impossible qu'elle possède cette vidéo incriminante. Raphaëlle devait absolument pénétrer dans son cloud et vérifier ses fichiers. Elle fit signe à la serveuse, posa un billet de vingt euros sur la table et courut aussi rapidement que ses chaussures inconfortables le lui permettaient. Elle faillit bousculer un vieil homme un peu rêveur et s'excusa. Pirater cette star serait peut-être compliqué, mais ce challenge l'excitait. Elle était la meilleure dans son domaine et elle le savait.

Elle passa par la sortie de secours pour éviter les clients qui entraient. Mila était adossée contre le mur et terminait sa cigarette. Elle parlait avec une autre femme, blonde, et elles riaient. Elles ne la remarquèrent même pas et Raphaëlle continua d'avancer. Ses pieds la faisaient déjà souffrir. Elle espérait rattraper Éva, mais en talons, elle courait moins vite qu'une fille au physique affûté, en Docs Martens. Raphaëlle s'était sentie flattée quand Éva s'était mesurée à Mila pour elle. Mais elle savait que cela ne voulait rien dire. Dans la tête de la chanteuse, il s'agissait davantage d'une question d'orgueil que de véritable amour. Elle ne devait pas se préoccuper de ça. Si elle trouvait cette vidéo rapidement, elle aurait le champ libre pour assouvir sa propre vengeance.

Depuis la disparition de sa meilleure amie, elle s'était entièrement consacrée à la réalisation de ce projet et à l'avancée de sa carrière. Aucune fille n'avait réussi à la faire dévier de son chemin. Elle vivait seule. Bien sûr, si elle avait eu quelqu'un dans sa vie, une femme à aimer, à serrer contre elle, Éva ne l'aurait pas autant chamboulée. *Une Delaroche. Son ennemie.*

Elle continua de courir, malgré sa robe moulante qui entravait ses mouvements. Enfin, elle l'aperçut qui marchait sur le trottoir, la tête enfoncée dans les épaules. Elle la rejoignit rapidement et lui lança, essoufflée :

— Eh, attends-moi !

Éva accéléra le pas, Raphaëlle se précipita derrière elle. Elles tournèrent à l'angle. Elles manquèrent de peu une poubelle qui traînait devant l'entrée d'une maison. Sans un mot, Éva s'arrêta.

— Tu m'insultes et tu me harcèles ?

Elle la fusillait du regard. Raphaëlle lui posa une main sur l'avant-bras et répliqua :

— N'exagère pas. Les médias disent que tu as mauvais caractère, ils ne mentent pas !

Éva fit la moue.

— C'est ça, continue, bougonna-t-elle en relevant la fermeture de son blouson.

La poubelle débordante à leurs côtés rejetait des relents de poissons pourris. Raphaëlle ne voulait pas s'éterniser à cet endroit. Elle remarqua, en plongeant son regard clair dans les yeux sombres :

— Tu t'énerves vraiment pour rien. Je te fais peur c'est ça ? Tu crains de ne pas être à la hauteur ?

Comme elle s'y attendait, la chanteuse piquée au vif, se rapprocha d'elle. Elle plaqua son buste contre le sien. Les lèvres presque collées aux siennes, elle murmura :

— Viens chez moi, je vais te montrer si j'ai peur.

Des éclairs de défi s'allumèrent dans ses yeux.

— Ma voiture est de l'autre côté, indiqua Raphaëlle en pointant la rue de son index.

Éva sourit. Elle lui déposa un petit baiser sur la bouche et chuchota :

— T'inquiète. C'est tout près. Viens.

Elle lui saisit la main et elles arpentèrent le trottoir lentement. Raphaëlle reprenait son souffle petit à petit. Elle était plus douée pour pirater ou dompter du matériel dernier cri que pour la course à pied. Elle sentait l'excitation monter. Le contact de cette main chaude et douce lui rappelait l'habileté de la star. Dans quelques minutes, elle verrait où elle habitait. Elle en saurait plus sur ses goûts et son train de vie. Et, cerise sur le gâteau, elle aurait une occasion d'accéder à son ordinateur et son téléphone. Elles se lâchèrent la main et s'engouffrèrent dans un modeste immeuble. La démarche masculine de la chanteuse lui plaisait beaucoup, elle en profita pour admirer ses petites fesses.

Eh puis zut ! Au diable la vieille Delaroche... ce soir, elle allait de nouveau coucher avec sa fille. Éva bouda l'ascenseur et emprunta les escaliers. Quatre étages plus haut, elles étaient arrivées à destination.

— Bienvenue dans mon antre, chuchota l'artiste en la précédant pour ouvrir la porte.

Raphaëlle se tut un instant pour mieux admirer la beauté insolite de ce logement, dont la couleur charbon dominait. Des odeurs mêlées de café et de bougie parfumée flottaient dans le loft. Éva retira son blouson et Raphaëlle constata avec soulagement que la température de la pièce était parfaite. Sa robe la couvrait peu et l'air frais l'avait transie. Elle aurait du mal à se réchauffer.

— Assieds-toi, lui ordonna Éva en lui désignant l'imposant canapé de cuir blanc, en U, qui trônait à gauche de l'entrée.

Elle s'installa en plein milieu et suivit des yeux la chanteuse, qui se dirigeait vers la droite pour fouiller dans ses placards de cuisine. Ses petites fesses, musclées juste comme il le fallait, étaient délicieusement moulées dans son pantalon de cuir. Son haut laissait deviner le fait qu'elle ne portait pas de soutien-gorge et rien que de penser aux adorables tétons qui frôlaient l'étoffe blanche, Raphaëlle sentait qu'elle perdait encore une fois le contrôle. La chanteuse saisit deux verres sur l'étagère et se baissa pour prendre une bouteille dans le bar qui servait d'îlot central. Elle versa deux martinis blancs puis ajouta une olive piquée dans un cure-dent.

Elle se dirigea vers Raphaëlle et lui tendit un verre, avant de s'asseoir à côté d'elle avec le sien. Les spots rendaient son haut transparent et Raphaëlle n'arrivait pas à détacher son regard de la petite poitrine qui se dévoilait devant ses yeux. Cette belle créature était une Delaroche, une Delaroche un peu en colère et diablement jalouse. Raphaëlle l'avait suivie pour des raisons professionnelles, mais elle savait dès à présent que ce soir encore elle allait profiter de la situation. *Je ne suis pas une fille sage.*

8

Elles étaient assises toutes les deux sur le canapé en cuir blanc et leurs mains se frôlaient à chaque fois qu'elles prenaient leurs verres sur la table basse transparente. Raphaëlle devinait son souffle qui raccourcissait, son corps qui se raidissait, sa libido était à son maximum et elle menait un combat intérieur pour ne pas brûler les étapes trop vite. Elle n'arrivait pas à se concentrer, occupée à regarder la silhouette parfaite de cette femme dont les yeux foncés souriaient de malice. Éva prit un cracker qu'elle porta sensuellement à ses lèvres avant d'y passer la langue. Raphaëlle décida de s'écarter de quelques centimètres pour ne plus sentir ce contact chaud contre elle.

— Tu es moins bavarde que l'autre jour, remarqua Éva.

Raphaëlle ne répondit rien. Elle réfléchissait. Il ne fallait pas qu'elle en oublie sa mission. Ce loft était classe, étonnamment masculin. Le parquet de bois clair contrastait avec les murs noir charbon. Rien ne traînait, tout était rangé, caché, dissimulé. *Évidemment* songea Raphaëlle, *elle vient de revenir après une grande tournée, elle n'a pas eu le temps de reprendre possession des lieux.*

— Tu habites ici depuis longtemps, lui demanda-t-elle en remontant discrètement un tout petit peu sa robe pour dévoiler quelques millimètres de son porte-jarretelles noir.

— Ça va faire à peu près trois ans, avoua Éva dont la voix plus grave trahissait le fait qu'elle avait remarqué l'étoffe sexy.

— Il n'y a rien qui traîne.

Raphaëlle aperçut l'ordinateur de la jeune femme sur une étagère. Elle devrait opérer dans un lieu ouvert. Ce serait osé, mais pas impossible.

— Ça t'étonne ? Tu m'imaginais bordélique ?

— Non. Mais à ce point, ça frise l'appartement-témoin.

— J'y passe peu de temps.

Raphaëlle se sentait incroyablement attirée par cette femme. Ce sentiment naissant, qu'elle essayait de repousser de toutes ses forces, risquait de mettre en péril sa mission et par là même, sa vengeance. *Une Delaroche*. Elle soupira, puis glissa une olive entre ses lèvres pour la laisser tourner sensuellement. Pendant qu'Éva avait les yeux fixés sur ses manœuvres de séduction, elle hissa un peu plus sa robe le long de sa cuisse. Elle allait la faire craquer.

— Je crois que tu me plais, Éva.

— Je l'avais deviné.

— Sympa comme réaction.

Éva éclata de rire.

— Tu t'attendais à quoi ?

— À ton avis ?

Elle effleura, du bout des doigts, la cuisse de Raphaëlle et monta beaucoup plus haut. L'atmosphère s'était électrifiée d'un coup.

— Ça te va comme réponse ?

— C'est un bon début, affirma Raphaëlle qui fermait les yeux pour mieux apprécier l'expertise des caresses.

Éva s'agenouilla pour lui retirer ses chaussures et elle laissa glisser ses mains le long des bas nylon à couture en remontant doucement des chevilles jusqu'aux cuisses. Elle commença à défaire les attaches du porte-jarretelles en faisant coulisser chaque fermoir, l'un après l'autre, lentement d'une main connaisseuse. Elle fit rouler le bas gauche délicatement le long de la jambe, puis lui embrassa la peau qui se couvrit de frissons. Sa bouche mordillait le petit triangle de dentelle pendant que le bas droit retrouvait son jumeau au sol.

Raphaëlle passa ses doigts dans les cheveux courts d'Éva pour l'encourager à poursuivre.

— Ma bouche sait faire autre chose que parler, l'informa Éva dont les doigts se rapprochaient progressivement de l'entrejambe de sa partenaire.

— Tais-toi et continue, soupira cette dernière.

Alors que la langue d'Éva frôlait délicatement la zone intime de Raphaëlle, son téléphone sonna.

— Je dois répondre, déclara-t-elle en se relevant, l'abandonnant les jambes écartées et très excitée.

La chanteuse demanda à son interlocuteur de patienter deux minutes et elle courut s'enfermer dans la salle de bain.

En soupirant, Raphaëlle se mit debout. L'ordinateur portable d'Éva était posé sur une tablette fixée au mur, derrière le canapé. Elle ignorait de combien de minutes elle disposait avant son retour. Avec le bon logiciel, trouver le mot de passe ne lui prit pas plus de trois minutes. Elle installa ses fichiers. Elle aurait tout le loisir de fouiller le disque dur depuis chez elle. Des bribes de conversation s'échappaient encore de la salle de bain, quand elle remit le matériel en place. Elle s'installa confortablement sur le canapé et saisit son verre sur la table basse. Elle but une gorgée. *Joindre l'utile à l'agréable.* Elle avait laissé Éva garder le contrôle jusqu'à présent, mais elle comptait se rattraper plus tard dans la soirée. Elle envoya un SMS à Lola : « Coucou. Je prends un verre et je pense beaucoup à toi. »

Elle regretta d'avoir expédié ce message, mais elle se sentait frustrée d'avoir été abandonnée par Éva. Ce coup de téléphone, qui au départ l'arrangeait, commençait à l'agacer. Elle s'adossa confortablement au canapé et avala deux crackers et le poivre lui chatouilla la langue. Elle mourait d'envie de commander une pizza.

Éva fit irruption, un sourire aux lèvres

— Désolée. C'était ma maison de disques. On prépare le prochain album. Elle se pencha pour prendre son verre sur la table basse. Elle but d'une traite avant de poursuivre :

— Je vais nous commander des pizzas.

— Tu lis dans mes pensées, j'ai faim, avoua Raphaëlle, en rougissant.

— Ouais moi aussi. Quelle pizza tu veux ? l'interrogea Éva tandis que la sonnerie du téléphone résonnait dans le haut-parleur.

Raphaëlle se mordilla la lèvre pour réfléchir. *Des légumes ne me feraient pas de mal.*

— Une quatre-saisons, énonça-t-elle.

Son ventre grognait et la salive humectait sa langue. L'odeur de la pizza cuite au feu de bois lui revint en tête.

— Ok, ça marche. Je nous commande ça. Tu m'attends au lit ? demanda Éva en désignant la mezzanine du doigt.

Malgré elle, Raphaëlle rougit. Son corps répondait à sa place. *Elle ne perd pas de temps la garce !* Éva était en ligne avec la pizzeria. Debout, elle faisait les cent pas devant l'écran de télévision éteint. Elle raccrocha rapidement.

— Tout va bien. On a trente minutes, déclara-t-elle en lui adressant un clin d'œil. T'es pas montée ? Tu n'as pas envie de…

— Montre-moi de quoi tu es capable ici… et maintenant, la coupa Raphaëlle d'une voix rauque, en se reculant confortablement contre le dossier du canapé.

Éva s'approcha et l'embrassa légèrement sur la joue. Elle lui caressa tendrement les épaules et la base du cou du bout des doigts. Elle déposa un délicat baiser sur ses lèvres, puis un autre plus appuyé, plus ferme. Elle immisça le bout de sa langue pour entrer en contact avec celle de sa partenaire, chaude et douce. De la main gauche, elle lui effleura le dos pendant qu'avec la droite, elle faisait glisser la fermeture éclair disposée sur le côté gauche de la robe. Elle déposa sur sa bouche un baiser gourmand, tout en descendant la manche gauche. Raphaëlle l'aida en s'occupant de la droite, dévoilant sa généreuse poitrine à peine camouflée par de la fine dentelle noire. N'y tenant plus, Éva avec deux doigts dégrafa le sous-vêtement, tout en laissant courir sa main gauche sur le haut de la cuisse de Raphaëlle. Elle parcourut avec la langue la distance de la base du cou à la naissance des seins, avant d'en gober un des tétons, déjà bien dur. Elle laissa glisser sa main le long de l'élastique du fin triangle de dentelle, qui, légèrement écarté, n'était plus un rempart aux caresses de son intimité. Raphaëlle lui saisit le poignet. Son pouls était rapide.

— Ne t'arrête pas cette fois, la supplia-t-elle, avant de pencher sa tête vers l'arrière.

Encouragée, Éva appuya davantage ses mouvements et Raphaëlle mordilla sa lèvre inférieure.

— Je vois que tu as très envie de moi, constata Éva en sentant ses doigts bien humides qui se faufilaient facilement.

Les yeux brillants de désir, Raphaëlle ne démentit pas. Elle allait se venger des Delaroche, mais pas maintenant. Ce soir, elle allait faire l'amour. Elle ne devait surtout pas s'attacher, ne rien ressentir, simplement prendre du plaisir et se détendre. *Autant joindre l'utile à l'agréable. Nous ne serons jamais ensemble. Nos deux mondes ne se mélangent pas.*

La bouche d'Éva embrassait son intimité et la titillait de plus en plus précisément. Elle léchait dessus, dedans, en alternance.

Le bassin de Raphaëlle ondulait en rythme et Éva agrippa ses fesses.

Dans le silence, la voix de l'enceinte connectée annonça :

« Vous avez un message non lu de Framboise. »

Mais comment c'est possible ? se demanda Raphaëlle.

9

Les boîtes vides de pizza trônaient sur la table basse. Les vêtements étaient éparpillés au sol, Raphaëlle caressait du bout des doigts le dos nu d'Éva. Elle réfléchissait. Éva et Lola constituaient une seule et même personne. *Astrid Delaroche m'a-t-elle tendu un piège, en me mettant sa fille Éva dans les pattes pour me surveiller ? J'aurais dû la voir venir ! Une star qui débarque en pleine nuit dans ma voiture et qui me saute dessus. Ce genre de choses n'arrive jamais dans la vraie vie. Comme une cruche, je me suis fait avoir. Pourtant je sais ce dont les Delaroche sont capables.*

Le corps totalement nu de cette femme l'émoustillait toujours. *Autant continuer de savourer la soirée.* Lui saisissant les fesses à pleines mains, elle se redressa et s'assit sur le canapé. Éva se retrouva à califourchon sur elle. Raphaëlle en profita pour gober un des tout petits seins et le téter avec avidité. De sa main gauche, elle emprisonnait les poignets de la belle qui se laissait faire sans un mot. Elle caressait avec la droite le bas de son ventre en alternance avec le côté des cuisses. La pizza avait rassasié sa faim, mais pas son envie de la combler. Elle allait la savourer en guise de dessert.

— Tu vas faire quoi avec la chantilly ? interrogea Éva d'une voix rauque.

À sa demande, elle lui avait apporté la bombe de crème, qui, encore très froide, était posée sur le sol à côté d'elles.

— La manger, affirma Raphaëlle en se passant la langue avec gourmandise sur les lèvres.

— Juste… comme ça ?

— Tu verras bien, lui répondit-elle en plongeant ses yeux dans les siens.

Elles roulèrent sur le côté et Éva se retrouva en dessous d'elle. Prenant appui sur un bras, elle tendit l'autre pour saisir la bombe. D'une main, elle fit sauter le bouchon. Avec application, elle en mit une petite noix sur la ligne entre les seins et elle lécha. Elle en ajouta sur chaque téton et commença à téter doucement.

— Tu vois, la règle est simple, indiqua-t-elle, en lui déposant un peu de crème dans la bouche. Partout où il y aura de la chantilly, je lécherai lentement, jusqu'à ce qu'il n'en reste pas une goutte. Et quand je dis partout, c'est vraiment partout.

Elle ponctua cette phrase par un clin d'œil ravageur.

La respiration d'Éva devenait plus profonde. Raphaëlle sourit. Elle allait enfin prendre le contrôle. Elle traça une ligne de la base du cou jusqu'au bas ventre et lapa avec gourmandise, pendant que ses mains se faisaient de plus en plus caressantes.

Elle garnit le haut de ses jambes et s'en occupa à tour de rôle.

Elle remonta progressivement jusqu'à placer sa tête au niveau de ses hanches. D'une main ferme, elle écarta les cuisses de sa partenaire afin de déposer une bonne dose de chantilly sur son intimité. Elle sentit Éva frissonner au contact de la crème gelée. Son excitation frisait son maximum en songeant à ce qu'elle allait lui faire. Lentement, elle lécha avec le dessus et le dessous de la langue en alternant changement de rythme et de position. Sachant que le moment arrivait un peu trop vite, pour faire durer cet instant, elle rajouta une giclée bien froide et recommença. Le corps d'Éva se cambra et se crispa plusieurs fois avant de retomber sur le canapé. Raphaëlle sourit. Elle avait atteint son but.

— Tu caches bien ton jeu, murmura Éva, qui reprenait petit à petit ses esprits.

Raphaëlle se pencha pour l'embrasser avant de répondre :

— Tu n'as encore rien vu. J'ai beaucoup d'imagination.

— J'ai également des talents pour ces choses-là, tu sais et je n'ai besoin ni de crème, ni d'accessoires pour ça… Mes doigts sont habiles. Le piano, ça aide.

Raphaëlle voulait garder le contrôle, mais son corps réagissait plus que ce qu'elle ne le désirait. Cette fille avait le don pour lui faire perdre son sang-froid. Elle avait prévu de lui procurer du plaisir et de se rhabiller sans lui permettre de lui rendre la pareille, mais sa peau se couvrait déjà de frissons sous les caresses expertes.

Éva laissait ses lèvres courir sur le cou de Raphaëlle, poursuivant sur ses épaules. Elle huma son délicat parfum, l'odeur fruitée de son shampoing. Elle sentait son souffle qui se raccourcissait. Elle fit descendre sa main droite lentement le long de son buste, jusqu'à l'intérieur de ses cuisses qu'elle frôlait en alternance du dos de la main et du bout des doigts, effleurant au passage son intimité. Raphaëlle était terriblement excitée. Éva accéléra le rythme puis se concentra sur l'entrejambe. Raphaëlle gémissait sous ses doigts. Éva posa sa bouche sur celle de sa partenaire avant d'y insérer la langue pour jouer avec la sienne. Les mouvements de bassin s'amplifiaient, les cris se faisaient plus fort plus suaves. Éva remuait son pouce, son majeur, son index et Raphaëlle griffait son dos. Cette fille était spéciale. Augmentant la cadence, Éva la regarda jouir. Elle connaissait désormais par cœur le corps de sa belle inconnue. *Dire que ce n'est que notre troisième rencontre !* Les soirées avec Raphaëlle étaient vraiment particulières. Elles auraient du mal à faire mieux la prochaine fois.

Elle déposa un délicat baiser sur ses lèvres et se blottit dans ses bras. Elle se sentait bien contre ce corps chaud et puissant, aux courbes magnifiques et confortables. En silence, Raphaëlle lui effleurait le dos doucement.

La sonnerie du téléphone d'Éva résonna. Elle releva la tête et se pencha pour jeter un œil sur le nom qui s'affichait à l'écran.

— Pfff. Je n'y crois pas : ma mère, soupira-t-elle en haussant les épaules.

Elle déposa un petit baiser sur la bouche de Raphaëlle qui se redressa sur un coude. Elle remit machinalement ses longs cheveux en place, elle remarqua :

— Tu m'avais dit que tu ne t'entendais pas avec elle.

Éva plongea ses yeux ténébreux dans les siens et en lui saisissant le visage entre les mains répondit :

— C'est le cas.

— Tu avais pourtant rendez-vous avec elle.

— Toi aussi.

— C'est différent. C'est pour le travail.

— Nous n'avons pas de contact. T'inquiète. Je la déteste. Vraiment. Je t'assure. Si tu savais…

Raphaëlle la repoussa plus vivement qu'elle ne le pensait et prit place sur le canapé. Elle croisa les bras avant de déclarer d'une voix forte :

— Alors, comment expliques-tu le fait que, le jour où elle m'embauche, tu couches avec moi ?

Éva pâlit. Elle s'assit à son tour et cacha sa tête dans ses mains, les coudes sur les cuisses. Elle garda un moment le silence. Raphaëlle ne bougeait pas. La chanteuse se leva et, debout face à Raphaëlle, bredouilla :

— Tu ne crois quand même pas que…

Raphaëlle redressa fièrement le menton et sûre d'elle déclara :

— Je ne crois rien. Je constate. Ta mère me téléphone, prend rendez-vous avec moi, et tu débarques dans ma voiture. Tu ne me connaissais pas, mais tu m'as…

Éva serra le poing et rouge de colère, explosa :

— Comment oses-tu ! Dégage de chez moi ! Je ne veux plus jamais te revoir.

10

Chez elle, Raphaëlle fulminait. *Va au diable, je n'ai plus besoin de toi !* Elle serra le poing. Elle traînait les pieds en se dirigeant vers la cuisine. Elle shoota dans le stylo qu'elle venait de faire tomber. Elle pouvait surveiller les fichiers depuis n'importe où grâce au logiciel espion qu'elle avait installé dans l'ordinateur d'Éva. *Delaroche, prépare toi, l'heure de la vengeance approche !*

Elle alluma la cafetière, appuya sur le bouton et ouvrit le frigo pour prendre la crème chantilly. C'était sa dernière bombe. Elle nota d'en racheter sur la liste de courses. Elle en versa une bonne rasade dans son café fraîchement coulé. La délicieuse émanation qui s'échappait de la tasse l'apaisa à peine. Elle tapotait sur le plan de travail en soupirant. Elle ne supportait pas d'avoir été jetée de la sorte. Ses épaules nouées lui faisaient mal. La femme de ménage avait laissé derrière elle une odeur de propre un peu trop chimique.

Le bruit du vent perturbait le silence. De retour dans le salon, elle prit place dans son fauteuil fétiche. Son mug à la main, elle regardait distraitement autour d'elle. Les tableaux modernes hors de prix, fixés aux murs, atténuaient leur blancheur immaculée. Les trois plantes artificielles, de taille raisonnable, réchauffaient l'atmosphère. Les innombrables coussins sur le canapé rendaient les lieux plus accueillants. Elle téléphona à sa secrétaire Julie pour lui demander de n'accepter aucun rendez-vous, car elle ne passerait pas au bureau aujourd'hui. En pyjama, son portable sur les genoux, elle consulta ses e-mails. Une quantité non négligeable de spams s'affichèrent dans la liste malgré les multiples filtres programmés dans sa messagerie.

Hier soir, confortablement installée dans son fauteuil, avec un plaid, elle avait pu observer en direct tout ce que faisait Éva sur son ordinateur. La jeune femme s'était d'abord connectée sur ses réseaux sociaux pour publier des posts et répondre aux commentaires, puis, plus étonnant, elle avait saisi ensuite le nom de Patricia Hulot dans le moteur de recherche. Elle avait réalisé de multiples captures d'écran et tout rangé dans un répertoire dédié. Patricia était morte. Les journaux n'y avaient consacré qu'un court article. Cette femme s'était jetée d'un pont quinze jours plus tôt. Éva avait surfé plus de deux heures sur la toile en essayant de dénicher d'autres renseignements sur ce fait divers, mais elle avait fait chou blanc. Raphaëlle avait enquêté à son tour. Internet n'avait pas de secrets pour elle. Patricia avait vingt-sept ans, célibataire, sans enfant. Jusqu'à sa mort, elle avait été l'assistante d'Astrid Delaroche. Elle gagnait vraiment bien sa vie et ses comptes bancaires affichaient des sommes rondelettes. Elle possédait un duplex luxueux dans le quartier le plus huppé de la ville, pourtant elle n'avait pas terminé son cursus universitaire. Raphaëlle trouvait ça étonnant. Delaroche s'entourait habituellement de personnel plus qualifié. L'organigramme de la société n'avait pas été mis à jour. Il présentait une femme quelconque, mince, brune, aux yeux bruns et souffrant d'une légère déviation de la cloison nasale. Un rictus méprisant remplaçait son sourire. Raphaëlle s'était levée pour prendre des cookies au chocolat et noix de pécan dans le placard de la cuisine. À cinq heures du matin, la pizza était déjà loin. Elle avait mangé en silence, songeuse. Plus elle enquêtait sur Astrid Delaroche plus ses craintes se confirmaient. *Quel est le lien entre Patricia et Éva ? Cette dernière a-t-elle une raison de douter de la thèse du suicide ? Sait-elle quelque chose susceptible d'incriminer Delaroche ? Couvre-t-elle sa mère ?*

Raphaëlle alla se verser un verre de jus d'ananas qu'elle but d'un trait. Son ami Patrick était l'homme de la situation. Ils avaient le même âge bien que sa moustache lui conférait cinq bonnes années de plus. Ils avaient étudié ensemble au départ, mais ses talents de pickpocket et son don pour pénétrer partout lui avaient fait prendre un chemin qui flirtait souvent avec les limites de la légalité.

Quant à elle, elle avait lamentablement échoué, elle n'avait pas trouvé la vidéo qu'elle recherchait, mais était tombée sur des tas de portraits d'Éva. Au naturel, sa beauté éblouissait l'objectif. Elle avait toutes les informations dont elle avait besoin, mais elle ne pouvait arrêter de regarder cette fille. Certaines photos très intimes lui avaient donné très chaud. Elle se souvenait encore de la douceur de son corps glissant sous ses doigts. D'après son cloud, Éva était très proche d'une rouquine. Raphaëlle était jalouse de cette femme aux formes de mannequin. Elle ne pouvait s'empêcher de repenser à ce fameux concert, leur première rencontre, alors que la chanteuse se produisait sur scène : *Éva Delaroche !* Elle venait de terminer son café, mais son envie de sucré n'avait pas disparu. Elle se leva lentement pour prendre une tablette de chocolat dans le placard. Chaque fois qu'elle était contrariée, elle grignotait. *Tu deviens folle, ma vieille.* Elle mâchait une des noisettes entières en se demandant comment contrôler ce qu'elle éprouvait. En temps normal, elle aurait continué ses recherches ailleurs et n'aurait plus jamais revu cette femme, puisqu'elle avait obtenu d'elle tout ce dont elle avait besoin. Mais Éva l'attirait. Ce qu'elle avait ressenti lors de ce concert avait été tellement puissant que ça l'avait laissée groggy et chancelante. Leurs premiers ébats dans la voiture avaient été surprenants, quant à leurs câlins chez Éva, ils s'étaient tout simplement avérés incroyables. *Aurais-je pu la repousser si j'avais connu sa véritable identité ?*

Elle se caressa machinalement le ventre en passant sa main sous son T-shirt de pyjama. Elle y était allée un peu fort avec la star, en l'accusant sans preuve. La chanteuse lui avait peut-être dit la vérité à propos de sa mère. Au final, c'était même elle qui s'était fait avoir puisque Raphaëlle avait infiltré ses fichiers, l'avait espionnée et en avait profité pour coucher avec elle.

De nouvelles photos venaient d'apparaître sur l'écran. Éva avait réalisé plusieurs selfies torse nu, des dizaines de clichés tantôt sans filtre, tantôt avec. Elle était tout simplement magnifique. Éva ne savait pas qu'elle était épiée et la regarder ainsi excitait encore davantage Raphaëlle. Elle décida d'aller prendre une douche avant de perdre tout contrôle. Elle retira rapidement son haut, qu'elle envoya valser au sol et se débarrassa de son pantalon tout en marchant. Elle avait une dizaine de mètres à faire pour arriver jusqu'à la salle de bain. Totalement nue, elle enleva l'élastique qui retenait sa tignasse. Ses seins dardaient forts et ce n'était pas le seul endroit parfaitement réveillé de son anatomie. Elle soupira. Elle détestait quand son corps gagnait le combat qu'il menait face à sa raison. *Éva possède tellement de pouvoir sur moi, même absente, même trop loin de mes bras.*

Elle déposa une noix de shampoing dans le creux de sa main et se frotta vigoureusement les cheveux. Elle se lava lentement entièrement avec du gel douche à l'odeur gourmande de caramel. Elle passa sur sa nuque, puis sur son dos. Elle s'attarda plus longtemps sur chacun de ses seins, puis descendit sur son ventre, ses jambes, ses pieds. Elle termina rapidement par sa partie la plus intime. Elle alluma le jet d'eau chaude pour se rincer. Ses muscles se détendaient, mais elle avait encore terriblement envie d'Éva. Elle aurait aimé l'avoir contre elle en cet instant. Toute la mousse avait à présent disparu, mais elle dirigeait malgré elle le pommeau de douche vers son entrejambe. Elle se cambra vers l'avant et rejeta la tête en arrière. Le corps trempé, elle laissait l'eau ruisseler sur son intimité. Le souffle court, elle remuait légèrement le poignet. C'était tellement agréable. Tellement. Elle jouit très vite, mais elle se sentit encore plus mal. Ce n'était pas de sexe qu'elle avait besoin, mais d'Elle.

Elle sortit de la douche, s'essuya rapidement et s'habilla. Les cheveux encore trempés, elle sauta dans sa voiture. Il fallait absolument qu'elle lui parle.

11

Devant la caméra de l'entrée de l'immeuble, Raphaëlle se tenait bien droite et affichait un sourire décontracté. Éva regardait l'image. Elle se frotta ses yeux écarquillés. *Je n'y crois pas ! Quel culot ! Je ne pensais pas la revoir un jour. Cette fille ne doute vraiment de rien.* Son chemisier largement décolleté laissait deviner de belles promesses. Il avait suffi qu'Éva l'aperçoive pour que tout chez elle réagisse. Son pouls battait plus fort, sa peau se couvrait de frissons. Elle connaissait par cœur le corps atypique de Raphaëlle, mais elle la désirait aussi fort que le premier soir et cette femme merveilleuse n'était certainement pas venue lui rentre visite pour parler de la pluie et du beau temps.

Éva passa machinalement une main dans ses cheveux pour se recoiffer. Sous son débardeur noir, elle ne portait pas de soutien-gorge. Elle se demandait si elle devait enfiler un pantalon par-dessus son boxer. Elle disposait encore de quelques minutes pour se décider. Elle appuya sur le bouton pour actionner la porte de l'immeuble. Elle revêtit rapidement un jeans qu'elle récupéra sur le séchoir. Il sentait bon la lessive. Elle demeura pieds nus. Elle avança jusqu'à l'entrée et ouvrit. Elle sursauta en voyant Raphaëlle debout devant elle. Elles restèrent dix longues secondes à se dévisager en silence. Un chat miaula et Éva reprit ses esprits.

Elle ne s'était pas trompée, les yeux de Raphaëlle trahissaient son envie. L'intensité de ce regard bleu la troubla encore davantage. Son corps frissonnait malgré la chaleur agréable qui régnait dans le loft. Raphaëlle la contemplait des pieds à la tête et Éva la laissait faire. Comme prévu, elle remarqua l'absence de soutien-gorge et son souffle devint plus saccadé. Éva passa la langue sur ses lèvres et Raphaëlle s'approcha jusqu'à ce que leurs poitrines se touchent. Elle posa ses mains larges sur les hanches de l'artiste, la souleva sans effort et entra dans l'appartement. Éva huma son parfum frais et se cramponna à ses épaules.

Raphaëlle referma la porte d'un coup de fesses. Elle avança jusqu'au canapé moelleux et l'allongea tout en délicatesse. Un courant électrique la parcourut de la racine des cheveux au bas du dos.

Elle se pencha, offrant à son regard les délices de son décolleté et l'embrassa à pleine bouche, timidement pour commencer, puis en appuyant davantage ses lèvres. Sa langue douce et chaude maîtrisait parfaitement l'art du baiser. Puis, sans un mot, elle s'assit sur le canapé. Croisant les mains derrière la tête, elle attendit.

Éva se redressa, puis après avoir hésité quelques secondes, alla fermer la porte d'entrée à clef. Raphaëlle la regarda marcher. Elle adorait sa façon de bouger avec grâce son corps sans défaut.

Le soir du concert, elle avait passé deux heures à la dévorer des yeux, au milieu de milliers de personnes. C'était tellement agréable de ne l'avoir que pour elle. Elle pouvait se permettre de profiter du spectacle sans que personne ne la critique. Depuis ce fameux soir, Raphaëlle avait eu envie d'elle. Cette attirance inattendue l'avait abandonnée dans un état étrange, flottant entre rêve et réalité. Le sourire qui s'affichait sur son visage reflétait son bonheur.

— La prochaine fois, on se verra chez toi, déclara Éva.

— C'est pas mal ici, j'aime bien, répondit Raphaëlle en remettant en place ses cheveux.

Raphaëlle laissait son regard courir le long des murs foncés. Le parquet clair apportait une luminosité bienvenue. C'était sa deuxième visite, mais elle n'était encore jamais montée dans la mezzanine qui menait à la chambre. Un tapis de yoga vert était étendu au sol entre le canapé et la table du séjour. Des haltères étaient posés à proximité. Visiblement, la chanteuse était en pleine séance de sport avant son arrivée à l'improviste.

— Je n'ai pas l'habitude de recevoir les filles chez moi, lui avoua Éva en se dirigeant vers l'évier de la cuisine pour se verser un verre d'eau qu'elle but d'un trait.

— Forcément, tu n'es jamais là.

— J'aime ma tranquillité.

— Je peux toujours disparaître si je te dérange, ronchonna Raphaëlle en se levant. Elle avança de quelques pas en direction de la porte.

— Assieds-toi et ne fais pas ta tête de cochon. Tu n'es pas venue jusqu'ici pour repartir aussi vite.

Éva lui versa un verre de jus d'orange vitaminé et le posa sur la table basse.

— Merci, murmura Raphaëlle en se calant dans un angle de l'immense canapé.

— Je devrais aller prendre une douche. J'ai un peu transpiré tout à l'heure.

Cette phrase déclencha un tourbillon de chaleur dans le ventre de Raphaëlle. Des images fort agréables, dictées par son imagination défilaient dans sa tête. Raphaëlle la dévorait des yeux, des pieds à la tête. Son corps tremblait de désir.

— Déshabille-toi. Ici et maintenant, lui ordonna-t-elle, en se caressant machinalement le ventre.

Elle observait sa réaction. Elle s'attendait à se faire rembarrer, mais le regard d'Éva pétillait. Elle avait envie de jouer. La voix de Raphaëlle capturait toute son attention.

Les doigts d'Éva se promenèrent délicatement sur le torse de Raphaëlle. Elle laissa glisser lentement ses mains sur ses fesses en esquissant des oscillations évocatrices du bas-ventre.

Elle releva doucement son débardeur et Raphaëlle humecta ses lèvres quand le tissu dévoila les seins fermes comme deux pommes. La respiration d'Éva s'emballa en sentant les superbes yeux bleus qui la dévoraient. Elle fit passer le haut par-dessus sa tête et l'abandonna sur le sol. Elle se caressa lentement la poitrine, la faisant darder en jouant avec les bouts. Elle s'approcha de Raphaëlle afin de lui laisser lécher quelques secondes, puis elle la repoussa contre le dossier et recula à son tour. Elle faufila ses mains jusqu'au bouton de son jeans, qu'elle ouvrit avec deux doigts.

— Fais glisser la fermeture, la supplia Raphaëlle d'une voix rauque.

Éva obéit et descendit le curseur, qui émit un petit bruit, en la fixant droit dans les yeux. D'un léger mouvement de bassin, elle se libéra du pantalon. Avec grâce, elle dégagea ses jambes. Vêtue uniquement de son boxer, elle avança de deux pas.

— Non. Enlève-le aussi, ordonna Raphaëlle, en pointant le sous-vêtement avec l'index.

Le corps d'Éva bouillait comme si la température de la pièce avait soudainement grimpé. Elle glissa ses pouces sous l'élastique. Raphaëlle rajusta sa position dans le canapé. Elle se passa machinalement une main sur le menton. Son merveilleux regard pétillait. Elle aimait donner des ordres, tout maîtriser. Éva obéissait à ses commandements, ce qui mettait son corps dans tous ses états.

La peau d'Éva se couvrait de frissons. Raphaëlle n'en pouvait déjà plus. La chanteuse hypnotisait sa proie en redoublant de sensualité. Elle prenait autant de plaisir que son invité. Elles allaient bientôt faire l'amour.

Raphaëlle cramponnait le canapé. Éva l'attirait comme un aimant. Cette fille, qu'elle se nomme Lola, Éva, ou autre, déclenchait en elle une telle tempête, que son corps tout entier vibrait.

— Éva, susurra-t-elle.

La chanteuse passa sa langue sur ses lèvres et descendit son boxer d'un petit centimètre.

— Encore, la pressa Raphaëlle qui tendit le bras pour lui caresser le ventre.

— On ne touche pas, répliqua Éva, avec les yeux brillants.

Elle recula d'un pas et se débarrassa de son dernier vêtement qui s'échoua au sol sans un bruit.

Raphaëlle se leva et se colla contre elle. Elle l'embrassa délicatement puis plus intensément. À peine leurs souffles retrouvés, leurs lèvres se recherchaient encore.

— Suis-moi, la pria Éva, en la prenant par la main.

12

Comme la chantilly, Éva la rendait complètement folle. À sa simple vue, elle perdait tout contrôle. Comment se retenir, quand la chanteuse se trouvait entièrement nue, à quelques centimètres d'elle ? Elle humait son parfum naturel en percevant le bruit de son souffle saccadé. Elle n'avait qu'une envie, la soulever et l'étendre à même le sol pour l'embrasser un peu partout, jusqu'à en oublier de respirer.

— Montons dans la chambre, murmura Éva en lui lâchant la main.

Raphaëlle pensait à autre chose qu'à monter les escaliers. Dans son souvenir, le confort du canapé était parfait pour accueillir leurs ébats. La chanteuse la précédait de quelques pas. Elle la suivit en soupirant.

— Passe devant, lui ordonna Éva. Elle s'écarta sur le côté pour lui permettre de se faufiler.

Raphaëlle gravit trois marches et se retourna pour vérifier qu'Éva la suivait bien. Un sourire l'encouragea à continuer. Elle reprit sa progression et déboucha dans la chambre. Un lit king size constituait le seul mobilier de la pièce aux murs aussi foncés que ceux du bas. Une agréable odeur de draps propres flottait dans l'air.

— Reste debout, poursuivit Éva, en s'approchant de Raphaëlle pour lui détacher son pantalon.

Ses mains dégrafèrent un par un les boutons de sa chemise, puis d'une façon experte firent disparaître son jeans et son soutien-gorge. Ses doigts se glissèrent dans la culotte de Raphaëlle qui n'osait plus bouger. Elle lui enleva lentement. Son souffle devenait plus profond, sa peau se couvrait de frissons. Une odeur de café fraîchement coulé provenait de la cuisine. Éva lui caressait doucement le pli de la cuisse et le début de son intimité avec ses pouces. Raphaëlle voyait son corps frémir. Éva la poussa sur le lit et s'allongea sur elle. La housse de couette grise crissa à leur contact. Raphaëlle écarta légèrement les cuisses.

— J'ai envie de toi, lui souffla Éva en plongeant ses yeux dans les siens, je veux sentir tes doigts qui…

Raphaëlle n'attendait que ça. Elle espérait lui donner du plaisir avec ses mains, sa bouche, sa langue, mais elle souhaitait plus que tout savourer cet instant en prenant son temps et en gardant le contrôle.

— Moins vite, répondit-elle, on n'est pas pressées.

Elle entoura le corps d'Éva avec ses bras et roula sur le côté pour lui caresser le dos tout en douceur. Elle descendit petit à petit jusqu'à ses fesses. Elle s'arrêta quelques secondes pour l'observer. Sa beauté naturelle irradiait dans toute la pièce. Elle embrassa son cou, humant l'odeur de ses cheveux, effleura la peau de son épaule du bout des lèvres. Éva la désirait tellement que ça lui faisait mal. Raphaëlle lui pinça le téton gauche avec sa bouche et l'aspira doucement.

— Raphaëlle, je n'en peux plus. Caresse-moi, murmura Éva d'une voix rauque, en lui prenant la main pour la poser entre ses jambes.

La titillant du pouce, Raphaëlle enfonçait simultanément deux doigts dans son intimité. Éva l'embrassait à pleine bouche, mordillait ses lèvres et lui griffait le dos. Elle ondulait des hanches en gémissant. Éva descendit ses mains pour caresser sa partenaire en même temps.

— Plus tard, lui intima Raphaëlle. Je veux te faire jouir. Enlève ta main.

Éva lui obéit et Raphaëlle accéléra ses mouvements. Le corps d'Éva réagissait en rythme et ses mains s'agrippèrent à la couette.

— Je vais… commença-t-elle.

Elle ouvrit la bouche. Son souffle se raccourcit. Elle gémit. Raphaëlle s'activa encore plus vite. Elle fermait les yeux pour mieux ressentir ce qu'il se passait dans le corps de sa partenaire. Elle l'imaginait sur scène, nue offerte, rien qu'à elle. Plus Éva haletait, plus elle augmentait la cadence. C'était insensé d'éprouver autant de désir pour quelqu'un. *Une Delaroche !* Mais ce qu'elle vivait au fond d'elle éclipsait tout le reste. Cette femme magnifique symbolisait la beauté, une Adonis au féminin. Les yeux fermés, la bouche entrouverte elle s'abandonna au plaisir dans un soubresaut, avant de s'écrouler immobile sur la couette.

Raphaëlle lui caressait doucement le ventre, blottie contre elle. Éva ouvrit les yeux et se pencha pour lui prodiguer un long et profond baiser. Elle continua dans son cou, sur ses épaules, sur son torse nu. Elle s'attarda un peu sur ses seins, jouant du bout de la langue avec ses tétons. Elle descendit lentement, lui embrassant le ventre puis les hanches. Elle faufila ses mains le long de ses cuisses. Elle releva le visage pour sourire puis installa sa tête entre les jambes de sa partenaire. Elle laissa glisser sa langue de haut en bas, de bas en haut, adaptant sa vitesse sur les réactions de Raphaëlle qui se cambrait chaque minute davantage. Sa peau chaude et humide sentait un mélange d'iode et de savon. Éva s'agrippa à ses fesses pour l'attirer au plus près de sa bouche. Elle léchait de plus en plus précisément et rapidement sa zone sensible. Elle déduisit aux gémissements de Raphaëlle, qu'elle approchait de la jouissance. Quelques secondes plus tard, son bassin se souleva, trembla, se crispa, et retomba sur la couette moelleuse. Éva, un sourire aux lèvres remonta pour l'embrasser délicatement.

— Je vous paie pour la surveiller. Vous n'êtes même pas capable de le faire correctement ! Vous êtes une belle gourde inutile !

Astrid Delaroche arpentait son bureau. Ses fines mains tremblaient et la rougeur de son visage trahissait toute sa colère. Noémie patientait derrière la porte sans oser entrer. Elle observait la scène dans l'embrasure. Elle savait que quand la patronne fulminait, il valait mieux l'éviter. Depuis le décès de Patricia, la dernière assistante en date, tous les employés avaient remarqué le changement qui s'était opéré chez la vieille dame.

— Elle a dit quoi exactement ? poursuivit-elle en passant une main dans ses cheveux. (Elle écouta pendant quelques secondes puis aboya :) Vous auriez pu lui demander des précisions.

Noémie tremblait. Cette femme lui faisait peur. Les bruits de couloirs à son propos n'avaient rien de rassurant. La tasse et la théière posées sur le plateau qu'elle tenait s'entrechoquèrent. Des effluves de citron lui montèrent aux narines. Elle retint son souffle, mais sa patronne semblait n'avoir rien entendu, absorbée par sa conversation.

— Je dois absolument connaître ce qu'elle a découvert, vous m'écoutez ? Si elle trouve quelque chose, prévenez-moi immédiatement. Tâchez d'en savoir plus.

Astrid s'arrêta debout face à la statue de guépard qui trônait à sa place habituelle sur le bureau. C'était apparemment son objet fétiche, car elle la caressait à chaque fois que quelque chose la contrariait, mais Noémie avait pris garde de ne pas poser de questions. Delaroche, le téléphone portable toujours collé à l'oreille, soupirait bruyamment. Les réponses de son interlocuteur ne lui convenaient pas.

— Débrouillez-vous, je veux des résultats sinon…

Elle n'acheva pas sa phrase. Noémie avait entendu dire que Delaroche faisait payer très cher tout manquement.

À peine la patronne eût-elle raccroché qu'elle appelait déjà Noémie qui avança d'un pas tremblant.

— Vous en avez mis du temps, maugréa-t-elle. Vous êtes allée le cueillir en Chine ce thé ? J'espère qu'il n'est pas froid. Allez me chercher des fruits secs. Une petite idiote m'a contrariée aujourd'hui. Je dois reprendre des forces. Dépêchez-vous un peu. Je n'ai pas toute la journée !

Noémie ne se fit pas prier pour fuir ce bureau malsain. Quelqu'un avait déposé dans sa boîte aux lettres, une enveloppe blanche contenant des photocopies d'articles parlant de la mort de Patricia. Au marqueur rouge, on avait inscrit : « Surveille tes arrières, c'est dangereux ». Elle préférait penser que c'était une blague de mauvais goût.

13

Comme c'est bon de se retrouver attablée devant un café fumant et un paquet de sablés bretons après l'amour ! songea Raphaëlle.

— Je ne sais rien de toi, remarqua Éva, en reposant sa tasse avec un bruit sourd. Tu veux de la chantilly dans ton café ?

— Je ne dis jamais non à la crème chantilly, mais on a vidé la bombe la nuit dernière.

Éva se leva en souriant et ouvrit le frigo.

— J'en ai une autre.

Elle noya leurs deux cafés sous une montagne de crème.

— Eh bien, je ne suis pas près de maigrir, se plaignit Raphaëlle avec une grimace, mais les yeux brillants de gourmandise.

— Après l'intensité de nos ébats, on a le droit de faire des écarts. Alors, tu n'as pas répondu. Que fais-tu dans la vie ?

Raphaëlle trempa ses lèvres dans son café. Elle ne savait pas quoi lui dire. Elle hésitait sur ce qu'elle pouvait lui avouer. *Méfie-toi des confidences sur l'oreiller.* Elle ne connaissait pas vraiment cette fille. Elle avait lu des tas d'informations provenant d'internet, donc à prendre avec des pincettes.

— Je travaille dans la sécurité informatique.

Elle espérait que ce sujet découragerait la jeune femme et qu'elle passerait à autre chose, mais la chanteuse, les yeux pétillants, demanda :

— Ouah… les pare-feu, le dark net tout ça ?

— Entre autres. J'aide les gens à trouver qui les a piratés et comment empêcher que ça se reproduise.

Éva la fixait sans bouger, les yeux écarquillés. Elle grimaça.

— Tu es une tête quoi.

— C'est si difficile à croire ? Ça te dérange ?

Éva ne répondit pas. Elle se leva pour prendre deux petites cuillères et en donner une à Raphaëlle. Elle piocha dans sa chantilly.

— Dans les séries, les geeks sont barbus, à lunettes et fans de pizza. Toi, tu es belle, bien habillée. Tu as le contact facile. Rien à voir.

— Que de compliments, dis-donc ! C'est pour éviter de me répondre ?

Raphaëlle sourit et Éva se pencha pour l'embrasser. Ses lèvres avaient le goût sucré de la chantilly.

— Je suis sincère.

Éva prit une cuillère de crème pour la mettre dans la bouche de Raphaëlle. Quand celle-ci eut avalé, elle lui demanda :

— Comment t'est venue cette passion ? Ce n'est pas commun. Enfin, peut-être que si ?

— J'ai toujours aimé réaliser des choses impossibles. Les challenges me motivent.

Éva acquiesça. Elle but une gorgée de café avant de répondre :

— Je te comprends.

— Ma mère a eu des soucis. Elle a été accusée à tort d'avoir volé son entreprise. Je devais l'aider. Alors, je suis devenue assez forte pour accumuler les preuves afin de la disculper.

— Je comprends mieux.

En deux bouchées, Raphaëlle avala un gâteau. Elle hésitait à poursuivre. Sa mère ne constituait pas la seule raison qui avait motivé son choix. Si elle avait poussé encore plus loin ses compétences dans ce domaine, c'était aussi pour découvrir le secret de la disparition de son amie.

— Une personne, à qui je tenais beaucoup, a disparu. J'aimerais la retrouver vivante ou morte, mais finir par connaître le fin mot de cette histoire.

Des larmes perlèrent au bord de ses yeux. Elle se sentait coupable de ne pas avoir pu aider sa meilleure amie ce jour-là quand elle lui avait avoué ses craintes.

— Ça n'a pas l'air d'aller. Je ne pensais pas que mes questions allaient te mettre aussi mal à l'aise. Désolée, vraiment…

Les plis sur le front d'Éva trahissaient son inquiétude. Ses yeux renvoyaient des nuances encore plus sombres que d'habitude. Une telle preuve d'attention à son égard surprit Raphaëlle. *Ne sois pas faible.* Elle fixa la crème qui flottait dans son café.

— C'est le passé, n'en parlons plus, conclut-elle en s'emparant d'un autre sablé qui se brisa en deux dans sa main.

— OK pour ta mère et le reste de ta famille ?

— Mon père est tombé malade quand j'étais jeune.

Éva lui caressa doucement la main.

— C'était un mec bien ?

Raphaëlle sourit tristement et elles enlacèrent leurs doigts.

— Il était travailleur. Il partait sur des chantiers. On le voyait peu.

Elle but le fond de sa tasse d'un trait avant de préciser :

— Ne crois pas que j'ai été malheureuse. J'avais une vie tout à fait normale. Une mère qui bossait pour une grande entreprise, un père plutôt manuel. On passait surtout des heures ensemble les week-ends. Je n'ai pas vraiment eu le temps de réaliser qu'il était malade. Une leucémie foudroyante l'a emporté en quinze jours. J'avais quatorze ans.

Raphaëlle se souvenait de ses courtes visites à l'hôpital et de la souffrance de son papa malgré les antalgiques. Il était tellement drogué aux médicaments, qu'il peinait à aligner deux mots. L'impuissance face aux épreuves de la vie l'avait saisie aux entrailles.

— J'ai eu du mal à m'en remettre, poursuivit-elle. Je m'isolais de plus en plus et refusais de traîner avec ceux de mon âge. C'était comme si mon enfance venait de s'achever.

— Tu te sentais différente des autres ?

— Pas vraiment. J'avais simplement l'impression qu'ils ne disaient rien ou ne faisaient rien d'intéressant. La futilité de leurs conversations m'énervait. J'ai passé quatre années plongée dans les livres, à me concentrer sur les études. Jusqu'à ce que je rencontre une fille.

Éva sourit et déclara, les yeux brillants :

— Je parie que c'est ton ex.

— Non, se récria Raphaëlle en levant les bras au ciel. Je te jure qu'il n'y a jamais rien eu entre nous. C'était ma meilleure pote. On se racontait tout. Elle était un peu comme la sœur que je n'avais jamais eue. Elle m'a réveillée de ma torpeur et j'ai pu reprendre une vie normale, sorties, restos. Jusqu'à ce que…

Raphaëlle se rembrunit. Les dons de psychologue d'Éva l'étonnaient.

— Vide ton sac. Tu en as trop dit ou pas assez, l'encouragea cette dernière en lui caressant la main.

— Il y a cinq ans, elle a disparu, avoua Raphaëlle en baissant les yeux.

— Disparu ? Tu veux dire qu'elle est morte ?

— Je ne sais pas.

— C'est drôle ce que tu me dis. À l'époque, je sortais avec une fille : Iris. Elle m'a laissé sans nouvelles du jour au lendemain.

À l'évocation de ce prénom, le teint de Raphaëlle devint aussi blanc qu'un cachet d'aspirine. Iris. Ce n'était pas si courant. *Et si ?*

— Tu as bien dit Iris ? demanda-t-elle d'une voix étranglée.

— Oui, mon ex Iris Ollier.

Raphaëlle sentit le sol se dérober sous ses pieds. Elle cramponna la table tellement fort que les jointures de ses doigts pâlirent.

— C'était… c'est… ma meilleure amie… disparue.

À son tour, le visage d'Éva se transforma.

— J'ai toujours cru que ma mère l'avait payée pour qu'elle me quitte et ne me donne plus de nouvelles, lui confessa-t-elle si bas, que Raphaëlle se demandait si cette phrase lui était adressée ou si la jeune femme réfléchissait à voix haute.

— Impossible, on ne l'achetait pas comme ça, se récria Raphaëlle.

— Ouais, mais ma mère hein… ça se voit que tu ne la connais pas. Elle est persuadée qu'elle peut tout obtenir grâce à l'argent. La vie lui donne souvent raison.

— Pour l'instant, maugréa Raphaëlle, la mâchoire crispée.

Elle jeta un coup d'œil inquiet à Éva, mais cette dernière ne semblait pas avoir relevé.

— Je veux vraiment savoir pourquoi elle a disparu, ajouta Raphaëlle en lui saisissant la main.

— Nous le découvrirons, lui chuchota Éva en se levant pour la prendre dans ses bras.

Blottie contre elle, Raphaëlle la trouvait adorable.

— Iris nous aimait toutes les deux à sa façon, résuma-t-elle.

— C'est peut-être ce qui nous a finalement réunies ?

Elles unirent leurs lèvres en un long baiser profond et passionné. Éva caressait doucement le dos de sa partenaire en respirant son parfum. Elle lui embrassa le cou.

— J'ai vraiment cru qu'elle m'avait plaquée à cause de ma mère, confia-t-elle. Sa stagiaire nous avait surprises bouche à bouche. Donc je suis partie pour oublier et je me suis lancée dans la musique.

— Bref, tu ne reviens pas souvent dans cette ville, conclut Raphaëlle.

— C'est le moins qu'on puisse dire. J'aime mon appart, mais moins je croise ma mère, mieux je vais.

Elle n'avait pas envie de s'épandre sur le sujet et tous les problèmes qu'elle avait avec Astrid, surtout que Raphaëlle ne semblait pas la porter dans son cœur. Elle ne voulait pas mettre en péril sa relation naissante. Certains sujets devaient être évités, à l'instar de la politique, la religion, et apparemment, sa mère.

Elle l'embrassa pour clôturer les questions. Elle posa ses lèvres sur sa bouche et les laissa glisser lentement jusqu'à son cou. Elle commença à caresser ses seins d'une main ferme et insistante.

— Je n'ose pas imaginer ce que ta mère penserait si elle nous surprenait en ce moment.

Éva esquissa une grimace.

— C'est sympa de me la remettre en tête, bougonna-t-elle.

— Avoue que c'est vrai. Si un simple baiser lui a fait perdre les pédales il y a cinq ans…

— Ouais, c'est vrai que c'est plaisant de faire des choses interdites. Pis je m'en fous de ce qu'elle pense. Je suis adulte, je suis libre. Qu'elle aille au diable.

— Oui ! Je peux t'embrasser à volonté. Autant que je veux, autant que tu le veux. Ici, ici et là, murmura Raphaëlle en posant ses lèvres sur sa bouche, son sein gauche et son ventre.

Elle remonta. Elle sentait leurs tétons durcis qui se touchaient. Leurs corps réclamaient à passer aux choses sérieuses.

— Ma mère détesterait que tu me caresses, chuchota Éva.

Les yeux de Raphaëlle pétillèrent. Elle lui griffa les fesses avec douceur.

— J'en suis sûre. Et que je te fasse ça ?

Elle glissa sa main à l'intérieur du boxer et commença un massage appuyé avec sa paume. Elle alternait changement de rythme et de pression.

— Elle haïrait, souffla Éva en se cramponnant à la table.

Raphaëlle accéléra les mouvements de sa main droite, tandis qu'elle lui pétrissait les fesses avec la gauche. L'état dans lequel se trouvait Éva lui indiquait que le pic du plaisir approchait. Elle redoubla d'attention. Appuyé contre la table, le corps de la chanteuse se crispa plusieurs fois et elle gémit avant de se relâcher. Des larmes de jouissance perlèrent au bord de ses yeux.

14

Raphaëlle s'étira lentement. Le sourire ne quittait pas ses lèvres. L'odeur du café fraîchement coulé et des pancakes tout chauds montait jusqu'à ses narines. De merveilleux réveils comme ceux-là, elle aurait aimé en avoir plus souvent. Les bruits indiquaient qu'Éva s'activait dans la cuisine. Ses courbatures attestaient de toutes les positions qu'elles avaient adoptées durant cette nuit incroyable. Elle s'extirpa de dessous la couette et s'assit au bord du lit. L'air plus frais faisait apparaître des frissons sur sa peau nue. Elle partit à la recherche de son chemisier et l'enfila. Il descendait jusqu'en bas de ses fesses. Elle en laissa les trois premiers boutons ouverts. Elle n'avait pas envie d'aller à la chasse de ses autres vêtements. Éva l'avait déshabillée avec une telle expertise, que ce simple souvenir réveilla tout son corps et une chaleur intense l'envahit. Son ventre se crispa légèrement. Elle descendit les marches pieds nus et s'engouffra dans la salle de bain pour se rafraîchir rapidement. Elle s'observa dans le miroir. Elle n'était pas fan de son physique et se demandait vraiment pourquoi Éva l'avait choisie. Elle s'efforça de sourire. Ces rendez-vous à répétitions signifiaient sans doute qu'elle comptait pour elle, malgré ses craintes. Elle savourait pleinement ces instants délicieusement partagés. Même si la vie y mettait un terme, cette aventure magique valait le coup. Les odeurs alléchantes la guidèrent jusqu'à la cuisine.

— Salut toi ! claironna Éva en trottinant pour déposer un baiser chaud et délicat sur ses lèvres.

Elle était vêtue d'un long t-shirt foncé qui lui arrivait à mi-cuisse. Ses cheveux en bataille attestaient de l'intensité de leur activité nocturne. Elle versa du café dans deux tasses noires et des pancakes dans des assiettes assorties. Une bouteille de sirop d'érable était déjà posée à côté.

— J'espère que le p'tit déj sera à ton goût, ajouta-t-elle en s'asseyant.

— C'est génial. Ce n'était pas la peine de faire tout ça pour moi, merci, répondit Raphaëlle dont la salive humectait la langue.

— Bon appétit.

Elles mangèrent en silence et profitèrent de la douceur sucrée qui excitait leurs papilles.

Éva jeta un coup d'œil à l'heure affichée sur le micro-ondes. Elle devait déjeuner chez sa mère dans moins d'une heure. Il fallait encore qu'elle se douche et qu'elle s'habille avant de partir. Son rythme cardiaque s'emballa. Elle n'avait pas envie de mettre Raphaëlle à la porte et elle ne savait pas comment aborder ce sujet épineux avec elle. Elle se dirigea vers le plan de travail et leur pressa deux jus d'orange. Elle tourna légèrement la tête pour observer Raphaëlle qui savourait en fermant les yeux. Elle sourit. Cette femme lui plaisait, quoi qu'elle fasse. Le simple fait de la contempler la subjuguait. Elle déposa les verres sur le comptoir.

— Ce petit déjeuner est carrément royal, admit Raphaëlle en soupirant d'aise.

Les effluves de pancakes flottaient encore dans la cuisine.

— J'aime cuisiner. J'ai plein d'autres recettes à te faire goûter, tu verras, lui déclara Éva en la regardant savourer son jus d'orange.

Raphaëlle hocha la tête en riant et reposa son verre vide.

— Si j'en crois ta mère, je dois absolument me mettre au régime très rapidement. Tes repas ne vont pas m'y aider, c'est sûr !

Éva se rembrunit.

— Je dois te dire… que tu dois partir.

Raphaëlle pâlit et ses yeux s'emplirent d'angoisse. Elle respira profondément. Elle frissonna, d'un seul coup elle avait froid.

— Alors c'est tout ? Tu me largues comme ça ? demanda-t-elle, la voix tremblante.

Elle se leva et fixa Éva les bras ballants.

— Ne t'inquiète pas, la rassura cette dernière d'une voix douce. Je dois juste manger avec ma mère à midi.

— Je crois effectivement qu'elle désapprouverait ton absence de sous-vêtements. Mais moi j'aime beaucoup, par contre, plaisanta Raphaëlle, qui avait retrouvé de l'assurance.

Éva sentit sa main qui remontait le long de sa cuisse pour venir effleurer son entrejambe. Elle l'attira contre elle pour lui prodiguer un profond baiser dont elle avait le secret, puis elle la repoussa tout en douceur.

— Désolée, mais tu devrais aller prendre une douche, si tu veux pouvoir partir, s'excusa-t-elle timidement.

Raphaëlle se colla de nouveau contre elle.

— C'est pas sympa de me virer comme ça, tu sais ? Tu mérites une fessée.

— Viens me la donner, si tu oses !

La main puissante de Raphaëlle claqua sur sa fesse musclée et Éva gloussa. Elle sourit. Cette femme la faisait rire. Son côté sombre lui plaisait et leur relation possédait quelque chose de sincère. Elle ne ressemblait pas aux autres. Elle l'appréciait pour qui elle était réellement, pas pour l'image que les médias donnaient d'elle.

— Tu veux que je t'accompagne chez ta mère ? proposa Raphaëlle en passant une main dans ses cheveux.

Éva trembla et rattrapa de justesse l'assiette qu'elle tenait pour la glisser dans le lave-vaisselle. Raphaëlle la fixait de ses yeux clairs, la tête appuyée sur ses coudes et le décolleté plongeant offert à sa vue.

— Tu plaisantes là ? demanda Éva, d'une voix chevrotante.

Elle ne cillait pas, ne souriait pas. Elle dévisageait la belle femme blonde située en face d'elle. Éva imaginait leur arrivée chez sa mère, main dans la main. Raphaëlle, sexy dans son chemisier, qui la défierait du regard. Astrid Delaroche serait au bord de la crise cardiaque. Elle hurlerait, s'inquiéterait des cancans et de sa réputation. Elle refuserait de dîner avec l'amante de sa fille. À l'époque, elle s'était occupée du problème Iris. Éva ne voulait pas que sa mère s'insinue dans son couple, même si elles n'en étaient pas officiellement un.

— T'es folle ! C'est… impensable.

Elle s'était exprimée plus sèchement que ce qu'elle avait souhaité. Mais elle désirait la protéger. Aller voir Delaroche serait la pire des choses qu'elle pourrait faire pour elles deux. Elle repensa à Iris, à son départ.

— En plus, je suis sûre que tu détesterais être à table avec elle, reprit-elle plus doucement.

— J'avoue. Tu as raison.

Raphaëlle prit son assiette pour aider à ranger et continua :

— Par contre, j'adorerais manger avec toi, te regarder pendant des heures, te caresser autant que je veux. Mes doigts se languissent déjà de toi.

Une chaleur puissante irradiait tout son corps. Ses poumons la brûlaient comme si l'air manquait d'oxygène. Les battements de son cœur tambourinaient dans ses tempes. Elle ignorait si Raphaëlle la taquinait. *Joues-tu encore un peu avant de partir ?*

La nuit qu'elles venaient de passer s'était avérée exceptionnelle. Elle n'avait aucune envie de gâcher leurs bons moments en se présentant avec Raphaëlle. Elle la prit dans ses bras :

— Nous dînerons toutes les deux un autre jour. Les repas avec ma mère ne sont jamais agréables. Je te le jure, crois-moi.

— Si tu le dis.

Raphaëlle baissa la tête et l'air ambiant se rafraîchit d'un coup. Elle s'échappa de son étreinte pour partir s'enfermer dans la salle de bain.

Éva entendait l'eau couler dans la douche pendant qu'elle terminait de ranger la cuisine. La peine de Raphaëlle lui glaçait le cœur. Une sorte d'angoisse lui comprimait la poitrine. Elle trépignait en attendant qu'elle revienne vers elle. Elle s'en voulait de ne pas avoir su gérer leur première dispute.

Dès qu'elle vit la porte s'ouvrir, elle se précipita à sa rencontre :

— Raph, écoute…

— Je sais. Tu ne veux pas qu'on s'affiche ensemble, j'ai compris.

— C'est pas ce que j'ai dit.

Éva poussa un soupir déchirant.

— Tu refuses que ta mère soit au courant.

— Je préfère garder notre histoire pour nous. Je ne… je ne peux pas m'empêcher de penser à ce qui est arrivé à Iris. Delaroche s'arrange pour détruire tout ce que j'ai de bien autour de moi. C'est un tyran. Elle ne cherche même plus à me convaincre, elle agit dans mon dos depuis des années. Je ne veux pas que tu me quittes, toi aussi.

Éva se tourna. Elle ne souhaitait pas que Raphaëlle se rende compte qu'elle était sur le point de pleurer.

— Si tu ne veux pas déjeuner avec ta mère, c'est simple. Tu lui téléphones. Tu annules et tu restes ici avec moi.

Éva lui prit la main et la regarda dans les yeux.

— Je ne peux pas.

— On peut toujours.

La bouche ouverte, Éva demeura immobile. C'était la première fois qu'une femme osait lui tenir tête. Elle réfléchissait.

— Je dois lui parler de certaines choses. Pour une fois, cette entrevue n'aura pas lieu dans son bureau. Il faut que j'aille voir quelque chose à l'intérieur de la maison.

— Affirme-toi. Téléphone. Repousse le rendez-vous. Force-la à te respecter. Montre-lui de quel bois tu te chauffes.

Raphaëlle la contourna pour se placer face à elle. Elle la serra fort contre elle. Elle lui caressa les cheveux puis le dos. Elle lui déposa des petits bisous dans le cou. Elle avança en l'obligeant à reculer contre la table du salon. Elle la souleva et Éva se retrouva assise dessus. Raphaëlle se colla contre elle, entre ses jambes écartées.

La préoccupation avait transformé les traits d'Éva et des rides s'étaient creusées sur son front.

— Ne crois pas que je ne suis pas capable de l'envoyer bouler, protesta-t-elle.

Raphaëlle l'embrassa langoureusement puis répondit :

— Je n'en doute pas une seconde. Mais j'ai quand même l'impression que tu te laisses manipuler.

— Tu me connais bien mal, si c'est ce que tu penses de moi.

Raphaëlle posa ses lèvres dans son cou. Elle remonta le grand t-shirt et le fit passer par-dessus la tête de la chanteuse. Sa bouche glissa lentement de la base du cou, à ses seins, à son ventre. Elle s'arrêta un instant pour contempler ce magnifique corps nu et embrasser son tatouage du bout des lèvres.

— Dis-moi, ce tatouage, tu...

— J'avais besoin de me souvenir d'Iris, lui répondit Éva en chuchotant.

Elle battit des paupières et une larme perla au bout de ses cils. La nuance de ses yeux était encore plus sombre que d'habitude.

— Tu sais, c'était ma première véritable, lui avoua-t-elle. Je lui en ai beaucoup voulu de m'avoir abandonnée comme ça. Je me doute que ma mère y est pour beaucoup, mais, à l'époque, je me suis vraiment sentie anéantie.

— Tu n'as jamais cherché à en savoir plus ?

— J'étais jeune, seule et complètement perdue.

Raphaëlle lui saisit doucement le menton entre le pouce et l'index et lui caressa délicatement avant de lui déposer un baiser sur les lèvres. Elle appuya plus profondément sa bouche contre la sienne et inséra sa langue tout en douceur afin de lui prodiguer un long baiser sensuel, qu'elle prolongea jusqu'à ce qu'elle sente Éva plus détendue. La chanteuse enroula ses jambes autour de sa taille en soupirant. Raphaëlle se libéra lentement et s'écarta de la table d'une trentaine de centimètres. Elle mourrait d'envie de continuer à la câliner. C'était difficile de la laisser dans cet état. Éva grogna de surprise et agrippa sa chemise pour tenter de l'attirer contre elle. Raphaëlle détourna les yeux pour éviter de la regarder. Elle aurait souhaité pouvoir effacer le passé et tout oublier dans ses bras et contre sa peau, mais elle devait lui avouer quelque chose et ne savait pas comment s'y prendre.

15

Éva n'avait plus envie de parler de son ex, ni du passé. Elle avait eu tellement de difficultés à oublier tout ça. Elle comprenait tout à fait que Raphaëlle s'y intéresse, car elle connaissait Iris, peut-être même beaucoup mieux qu'elle, mais si elles remettaient sans cesse cette fille sur le tapis, leur relation allait droit dans le mur.

Malgré ce que prétendait Raphaëlle, elle savait qu'elle voulait un câlin. Éva sentait son corps en feu, son cœur cognait fort, ses seins s'étaient préparés à recevoir des caresses. Pourtant elle ne pouvait s'empêcher de se défendre.

— Ce n'est pas parce que ma mère a des millions que j'ai eu une jeunesse dorée. Je devais sans arrêt faire attention à mon image et obéir à des règles stupides. Je n'avais aucune liberté. On me surveillait constamment. J'ai eu du mal à briser mes chaînes. Je rêvais d'avoir le droit de faire ce que je voulais. Je détestais être une Delaroche. Iris m'a aidée à m'émanciper. Grâce à l'électrochoc de notre rencontre, j'ai osé. Je me suis fait tatouer en souvenir.

Raphaëlle hocha la tête.

— Je comprends. Elle a été un moteur dans ma vie aussi. C'est comme si c'était elle qui nous a réunis.

— Je ne sais pas si c'est une bonne chose, se rembrunit Éva.

Elle ferma les yeux pour se concentrer sur le parfum de Raphaëlle qui l'apaisait.

— Maintenant toi et moi nous sommes libres. Je dirige ma boîte. Tu as une carrière exceptionnelle. Tu vis loin de ta mère.

Éva avala sa salive avant de répondre d'une voix blanche :

— Pourtant j'ai des comptes à lui rendre et tu travailles pour elle. J'ai l'impression qu'elle sera toujours présente dans nos vies, quoi qu'on y fasse.

— Un jour, une grande amie à moi m'a dit que la roue tourne. Il suffit d'attendre le bon moment.

La voix de Raphaëlle sonnait si étrangement qu'Éva sentit des frissons parcourir son corps. C'était la première fois qu'elle parvenait à déceler un éclair de méchanceté au fond de ses yeux clairs.

Elle s'appuya sur ses paumes pour descendre de la table, mais Raphaëlle avança d'un pas et l'en empêcha en calant son ventre contre le sien. Le dos contre le plateau, Éva se retrouvait de nouveau avec les jambes enroulées autour de la taille de Raphaëlle.

— Tu es capable de commander ? Tu sais donner des ordres ? Exiger ? lui demanda Raphaëlle en posant ses mains contre ses épaules.

— Bien sûr, bredouilla Éva en rougissant.

— Alors c'est simple. Reste ici avec moi. Exige de ta mère qu'elle repousse votre déjeuner.

— Pourquoi je ferais ça ?

— Tu n'as pas envie d'y aller. Donc, n'y va pas. Je n'aime pas quand tu es triste.

— Je t'ai dit que je devais.

— Que tu devais, mais pas que tu le voulais.

— J'ai jamais connu de fille aussi têtue que toi, soupira Éva. Je dois prendre une douche et m'habiller. Je suis déjà en retard.

Elle essaya de relever son buste, mais le poids de Raphaëlle l'en empêchait.

— Hep. Reste ici !

Éva n'osait plus bouger. La main de Raphaëlle se faufilait entre ses cuisses. Son corps n'était pas coopérant. Elle sentait qu'il réagissait sous les caresses. Déjà ses seins tendus exigeaient de l'attention et son bas ventre se préparait. Elle répliqua d'une voix rauque :

— Je fais ce que je veux !

Raphaëlle la fixa dans les yeux, mais continua de remuer sa main.

— Ah oui ? Alors, dis-moi ce que tu veux, lui demanda-t-elle en posant ses lèvres sur son téton.

Éva sentit que la bataille était perdue. L'atmosphère était redevenue électrique.

— Je te l'ai déjà dit, murmura-t-elle d'une voix plus grave, le souffle haletant.

Raphaëlle laissa sa langue glisser de ses seins à son bas ventre. Éva respira plus fort.

— Dis-le-moi encore. Dis-moi ce que tu veux, répondit Raphaëlle avant de continuer à la lécher.

— Plus bas, gémit Éva.

— Tu veux ma langue ici ?

— Plus bas.

— Là, alors ?

Éva écarta un peu plus les jambes et ordonna :

— Lèche-moi.

La langue chaude qui passait sur son sexe lui procura un sentiment de bien-être qui se propageait à travers tout son corps. Cette sensation délicieuse lui fit fermer les yeux. La jouissance se rapprochait. Elle empoigna le bord de la table. Ses doigts se crispèrent, mais Raphaëlle s'interrompit et releva la tête.

— Si tu veux que je continue, appelle ta mère.

Éva gémit de frustration.

— Arrête tes bêtises. Lèche-moi encore.

— Tu vois que tu es capable d'avoir de l'autorité et d'exiger, constata Raphaëlle. Elle léchait la zone du tatouage et frôlait le point sensible, en évitant de trop s'en approcher. Éva descendit légèrement son corps pour se placer exactement là où elle désirait être touchée.

Raphaëlle s'exécuta. Sa bouche experte s'activait. L'orgasme ne tarda pas à venir, violent, incontrôlable. Le dos d'Éva se cambra, ses jambes se crispèrent, son corps fut secoué de spasmes multiples. Raphaëlle se retira, un sourire aux lèvres.

— Merci, lui dit-elle.

Éva s'assit sur le bord de la table et serra Raphaëlle dans ses bras. Elle commença à la caresser, mais elle repoussa doucement sa main.

— Non. J'avais simplement envie de te faire plaisir.

— Laisse-moi te rendre la pareille, dit Éva en tendant de reprendre.

— Parfois il faut savoir accepter les cadeaux, répliqua Raphaëlle en s'écartant de quelques pas.

Éva haussa les épaules. Elle se mit debout. Son téléphone portable était branché. Alors, elle se baissa pour le détacher. Elle fit défiler les contacts sur son écran tactile. À la première sonnerie, son interlocutrice répondit :

— Je ne mangerai pas avec toi. J'ai un empêchement, lui dit-elle, avec un débit un peu trop rapide.

Devant le silence de sa mère, elle vérifia que la ligne n'avait pas été coupée. Les secondes s'égrainaient toujours et la barre de réseau était pleine. Elle recherchait sans doute une réplique cinglante.

— Le repas sera servi dans trente minutes. Dépêche-toi, tu vas être en retard.

Malgré elle, Éva se mit à trembler. Elle serrait ses doigts tellement forts sur le combiné qu'ils blanchirent. Elle cherchait des yeux le soutien de Raphaëlle. Celle-ci s'approcha pour la prendre dans ses bras. Grâce à elle, elle ne lâcha pas.

— Je ne pourrai pas être là. Je te recontacterai. Salut.

Elle raccrocha sans attendre la réponse. Immédiatement, son téléphone sonna. Sa mère la rappelait. Elle ne décrocha pas et le régla sur silencieux pour ne pas être tentée. Elle plongea sa tête dans le cou de Raphaëlle.

— Bravo, la félicita celle-ci. Tu es forte Éva, je suis fière de toi.

— Puisque nous restons ici, on fait quoi maintenant ?

— J'ai quelques idées. Il y a encore de la chantilly dans le frigo ?

16

La pluie s'écrasait mollement contre les vitres avec un bruit sourd et régulier. Éva terminait de ranger les ustensiles de cuisine. Elle plaça le restant de lait dans la porte du frigo. Raphaëlle surveillait la cuisson de la crêpe.

— C'était pas une mauvaise idée, s'enthousiasma la chanteuse, en tournant la tête pour observer son invitée.

— Ça valait bien un déjeuner chez ta mère, non ? demanda Raphaëlle en lui faisant un clin d'œil.

— C'est sûr ! Je ne me souviens même pas de quand j'ai fait des crêpes la dernière fois. Je ne prends jamais le temps de rien.

Raphaëlle saisit la queue de la crêpière et d'un mouvement du poignet envoya la crêpe se retourner dans les airs. Elle retomba à l'intérieur sans le moindre problème.

Éva applaudit et déclara :

— Eh bien ! On dirait que t'as fait ça toute ta vie, dis donc.

Ses yeux pétillaient.

Raphaëlle lui empoigna la main et l'attira contre elle. Elles s'échangèrent un petit baiser du bout des lèvres. Raphaëlle s'écarta légèrement pour déposer la crêpe sur une assiette. Elle versa une louche de pâte sur la crêpière bien chaude et surveilla le début de la cuisson. Éva se plaça dans son dos et se cala contre elle, l'enserrant de ses bras. Malgré la chaleur de ce contact, sa peau se couvrit de frissons. Chaque fois qu'elle se retrouvait contre elle, son corps réagissait tellement fort, qu'elle se demandait si à la longue, elle s'en lasserait ou si ce phénomène allait durer éternellement. Elle envoya une autre crêpe pivoter dans les airs. Son manque de concentration faillit lui faire rater la réception.

— On va en avoir pour deux jours avec tout ça, remarqua Éva en constatant que la hauteur de la pâte dans le saladier avait à peine baissé.

— Je t'assure que vu le niveau et la fréquence de nos câlins, il va bien falloir que l'on reprenne des forces, si on ne veut pas s'écrouler.

— Ça ne t'ennuie pas de faire ça ? demanda Éva en se reculant pour essuyer le plan de travail.

Quand elle s'arrêta, la propreté de la cuisine était irréprochable. Il ne restait que l'assiette de crêpes, le saladier, la louche et la crêpière.

— Ça va, ce n'est pas fatigant, répondit Raphaëlle en agrandissant la pile de crêpes. Tu veux t'essayer à l'exercice ?

— Je crains de ne pas être aussi douée que toi.

— Montre-moi.

Acceptant le défi, Éva s'approcha et envoya sa crêpe à un centimètre du plafond. Elle la rattrapa sans trembler, le poignet bien ferme.

Raphaëlle sourit.

— Pas maladroite non plus, constata-t-elle.

— Hum. Je croyais déjà te l'avoir prouvé à plusieurs reprises, lui répondit Éva en lui posant une main sur les fesses.

Des éclairs de malice s'allumèrent dans ses yeux. Elle commença à caresser la peau de Raphaëlle sous ses vêtements.

— Bas les pattes, la sermonna cette dernière en riant, tu vas laisser brûler ta crêpe ! Reste concentrée.

— Avec une nana aussi canon que toi dans la pièce, tu m'en demandes beaucoup.

Raphaëlle rougit. Les compliments qui pleuvaient de la bouche d'Éva la flattaient, mais ils la gênaient. Elle était complexée et elle ne se trouvait ni mignonne, ni même tout juste potable.

— Prends le relais, la pria Éva, en s'écartant de la plaque de cuisson.

Elle effectua quelques rotations de la tête pour détendre les muscles de son cou et Raphaëlle continua la cuisson.

— Tu joues d'un instrument ? demanda la musicienne observant ses mouvements.

— Non. Je n'ai jamais eu le temps d'apprendre, lui confessa Raphaëlle en rougissant.

— Je te montrerai. J'ai commencé à l'âge de quatre ans sur le piano à queue familial. Ma mère m'exhibait à chacune de ses réceptions. J'étais la petite fille prodige. Je paraissais minuscule, assise derrière ce gros piano blanc. J'ai fait mes gammes sur Mozart, Chopin, Beethoven. Tout ça est bien loin de mon univers, mais j'aime beaucoup la musique classique, tu sais.

Elle s'installa et posa ses doigts sur le clavier. Raphaëlle se concentrait sur sa poêle. Elle n'osait pas s'approcher.

— Je ne vois aucune trace de tes récompenses ici, remarqua-t-elle.

— Elles sont rangées dans une grosse boîte en plastique dans le haut du placard.

— Tu ne les sors jamais ?

— Je n'aime pas me vanter. Je trouve ça très bizarre d'afficher les prix, comme les diplômes d'ailleurs.

— Ça dépend, chez un spécialiste, j'avoue que ça me rassure.

— Oui, mais sinon j'estime ça… prétentieux.

— Je suis d'accord avec toi. (Elle marqua une pause de trois secondes, le temps de remplir la poêle puis reprit :) Tu as commencé la musique à quatre ans, je n'en reviens pas. Je faisais des châteaux de sable à cet âge-là moi !

— Je n'avais pas intérêt de me salir. Une Delaroche doit rester impeccable, quelles que soient les circonstances.

Éva entama les premières notes de la sonate au clair de lune de Beethoven.

— J'ai toujours aimé cette mélodie, lui avoua Raphaëlle à voix basse.

Elle passait un très bon moment et se sentait touchée qu'Éva ait suffisamment confiance en elle pour lui parler de sa vie.

Elle poursuivait la cuisson en écoutant la beauté de cette partition dont les arpèges caressaient ses oreilles.

— Toutes les filles ne sont pas aussi sensibles que toi, regretta Éva, qui gardait les yeux fermés pour mieux ressentir la musique.

La tristesse de sa voix démontrait qu'elle avait beaucoup souffert. Raphaëlle commençait à percevoir des dizaines de fêlures dans sa carapace de femme forte.

— Fais une pause, viens t'asseoir auprès de moi, l'invita Éva en lui indiquant le banc.

— T'es sûre qu'il va supporter mon poids ? lui demanda Raphaëlle contrariée, en hésitant quelques secondes avant de s'approcher à petits pas.

— T'inquiète. C'est du bois massif. Et arrête tes bêtises. Tu n'es pas aussi lourde que ce que tu crois.

Elle se cala à gauche d'Éva et n'osa plus remuer un cil.

— Pose ta main comme ça, lui indiqua-t-elle en lui saisissant la main gauche et en l'installant avec précaution sur les touches.

La fraîcheur et la douceur du clavier surprirent Raphaëlle.

— Compte avec moi, lui demanda Éva. Un, deux, trois, quatre, un, deux… À chaque fois que tu arrives sur un, trois et quatre, tu appuies sur cette touche avec ton index. Prête ?

— Euh… oui. Je crois, bredouilla Raphaëlle qui se sentait maladroite.

Elle se concentra. Elle ne voulait pas la décevoir. L'exercice était plus difficile que ce à quoi elle s'attendait. Au bout de quelques minutes, elle maîtrisait le rythme et Éva l'accompagnait.

Le téléphone de Raphaëlle sonna. Elle se leva pour le prendre sur la table. Éva la regarda s'éloigner à grandes enjambées en direction de la salle de bain.

— Désolée, le boulot, je dois répondre, s'excusa Raphaëlle avant de disparaître dans la pièce.

C'était Patrick et elle ne tenait pas à ce que la chanteuse puisse percevoir des bribes de leur conversation.

Elle décrocha et retint son souffle. Son cœur battait trop vite.

— Allô ?

Comme à son habitude, il ne s'encombrait pas de civilités.

— Ta copine avait raison. Sa mère est directement impliquée. Mais, comme tu avais l'air pressée, je t'ai téléphoné tout de suite. Je n'ai pas encore décrypté tous les fichiers. On tient quelque chose d'énorme.

Raphaëlle se retenait, mais elle avait envie de lui remonter les bretelles. Elle serra le poing et respira profondément avant de répondre.

— Je t'avais demandé de récupérer le matériel et de me le rapporter, pas de regarder ni de fouiller. Tu ne m'as pas écoutée.

Le visage rouge de Raphaëlle et les éclairs de colère dans ses yeux auraient dissuadé n'importe qui de pénétrer dans la pièce.

— Je me doutais que ça valait le coup, se justifia Patrick qui avait perçu l'exaspération dans la voix de son amie.

— Tu sais à quel point je déteste quand on fait des choses dans mon dos.

— N'exagère pas. Si ce que j'ai trouvé ne t'intéresse pas, je peux aussi tout garder pour moi.

— C'est bon, capitula Raphaëlle.

Elle soupira. Elle arpenta la pièce de long en large et voulut savoir :

— Lourd à quel point ?

— Meurtre. Delaroche est foutue.

Raphaëlle s'assit sur les toilettes. Ses jambes flageolaient. Elle s'attendait à déterrer des dossiers compromettants, mais peut-être pas à que ça aille jusque là.

— Tu la connais ? T'es sûr qu'il s'agit bien d'elle ? demanda-t-elle en chuchotant.

Elle n'entendait plus Éva jouer du piano. Le silence l'angoissait.

— Elle est célèbre, je ne peux pas me tromper, se justifia Patrick. Télé, magasines, journaux… Je ne vis pas sur une autre planète. Franchement, tu as de ces questions aujourd'hui ! Tu es sûre que ça va ?

Raphaëlle ne répondit pas. Elle attendit quelques instants puis demanda :

— Les preuves sont solides ?

— Irréfutables. Les flics vont en faire qu'une bouchée.

Raphaëlle réfléchit quelques secondes. Elle respira profondément. Dans sa poitrine, son cœur cognait tellement fort qu'elle en avait mal. Sa vengeance était toute proche. Bientôt, la police disposerait de tout ce qu'il fallait pour détruire Delaroche.

— Écoute, si tu veux, je transmets tout ça et tu n'es pas impliquée, proposa Patrick, avec son intonation chantante, qui d'ordinaire, lui plaisait tant.

Dans sa voix, elle pouvait percevoir tout le bonheur qu'il ressentait d'avoir réussi ce tour de force. Le bruit d'une canette de soda qu'on ouvrait résonna dans le haut-parleur.

L'odeur du parfum, du gel douche et du shampoing d'Éva flottaient dans la salle de bain, et Raphaëlle pensait à elle. Tout son univers allait bientôt s'effondrer. Elle soupira.

— Non, on va attendre encore un peu. Termine de regrouper les fichiers.

— T'es sure ? Je ne sais pas dans quelles affaires tu t'es fourrée, mais tu changes et pas en bien.

— J'ai besoin de réfléchir à tout ça.

— Fais attention à toi. Je n'aimerais pas venir à ton enterrement. Soit très très prudente. Méfie-toi des Delaroche... De tous les Delaroche.

Raphaëlle raccrocha et s'empressa de retrouver Éva.

— Excuse-moi.

Éva remarqua qu'elle tremblait. Son regard interrogateur la scrutait des pieds à la tête.

— Je t'assure, qu'après un café, ça ira mieux, lui déclara Raphaëlle avec une voix douce, en affichant un sourire forcé.

Éva éteignit le piano et se leva du banc. Elle le remit en place et proposa :

— Assieds-toi. Je vais te le faire.

— Je peux y arriver seule, tu sais.

Éva lui déposa un délicat baiser sur les lèvres.

— Tout va bien ? Ce coup de fil t'a ébranlée. Tu es tellement pâle.

— Ça va passer. Je t'assure.

Éva se cala dans ses bras. Elle prit leurs deux tasses et regarda couler le café.

— Je mangerais bien une ou deux crêpes, avoua-t-elle.

Éva fit volte-face pour aller chercher l'assiette et la déposer sur la table. Il y a de la pâte à tartiner à la noisette dans le placard en bas à gauche.

— Tu crois que c'est raisonnable ? demanda Raphaëlle en désignant son ventre.

Éva la regarda en souriant. Raphaëlle rougit. Mon dieu, qu'elle était belle.

— Tu me plais, tu sais, avoua-t-elle.

Elle se rapprocha avec leurs deux cafés à la main et l'embrassa par surprise. De sentir leurs deux corps si proches lui donna terriblement envie. Elle la plaqua contre la table et posa sa bouche sur la sienne avant qu'elle ne puisse protester.

— Tu es déchaînée, constata Raphaëlle en poussant du mieux qu'elle le pouvait la pile de crêpes avant qu'elle ne s'échoue sur le sol.

— J'ai un besoin urgent d'un câlin ! se défendit Éva qui avait déjà commencé à lui enlever son pantalon.

— C'est dans mes cordes.

Sans prendre la peine de la déshabiller, Raphaëlle glissa lentement sa main droite dans le boxer d'Éva. Elle la caressa avec son pouce. La chanteuse se cramponnait à ses épaules. Raphaëlle posa ses lèvres tout en douceur sur celles de sa partenaire. Elle accélérait les mouvements avec ses doigts en se calant sur ceux du bassin d'Éva qui serrait ses mains de plus en plus fort. Ses gémissements émoustillaient Raphaëlle dont le souffle se raccourcissait. Elle aimait tant toucher cette femme. Éva fermait les yeux et se mordait la lèvre. N'y tenant plus, Raphaëlle alla encore plus vite, puis tellement, qu'elle en retint sa respiration. Avec un dernier cri, Éva s'écroula de bonheur dans ses bras.

17

Éva avait passé deux jours dans les bras de Raphaëlle, à caresser sa peau, à humer son parfum, à se blottir contre elle, à manger des crêpes et à faire l'amour. Cette femme avait vraiment quelque chose de différent, de spécial. Elle parlait de la vie comme si elle n'était qu'opportunités et challenges. L'écouter l'inspirait. Elle avait composé deux nouvelles chansons qu'il lui tardait d'inclure dans le prochain album.

En cette fin d'après-midi, elle s'apprêtait à faire irruption dans le bureau de la grande Astrid Delaroche, sans y avoir été conviée, pour la première fois. En marchant dans le couloir qui la conduisait jusqu'à la porte, elle avait la sensation d'être plus forte que jamais. Ce week-end de câlins et de sexe l'avait détendue. Elle se sentait gorgée d'énergie, prête à en découdre. Elle ouvrit sans frapper et entra d'un pas assuré.

— Mère je… commença-t-elle en avançant à grandes enjambées dans la pièce.

Astrid Delaroche, les joues rouges de colère, trônait derrière son imposant bureau. Debout, face à elle, Julie, l'assistante de Raphaëlle, dont elle avait vu des photos durant le week-end, baissait la tête. L'atmosphère pesante qui régnait lui fit dresser les poils sur tout le corps. Même la statue en cristal du guépard donnait l'impression qu'elle allait prendre vie d'une minute à l'autre. La patronne dégageait une telle force que Julie, bien que plus grande d'une vingtaine de centimètres, ressemblait à une petite chose dans ce lieu inquiétant. Il était de notoriété publique que les employés de sa mère la craignaient et qu'elle dirigeait son empire de façon despotique, mais jusqu'à présent elle avait réussi à dissimuler sa vraie nature en présence de sa fille.

Éva se racla la gorge et reprit :

— Je dois absolument te parler.

Astrid fixa Éva. Ses yeux lançaient des éclairs de colère. Sa bouche tremblait légèrement.

— Tu ne vois pas que je suis occupée ? Reviens quand je te l'aurai demandé, lui ordonna-t-elle, avant de l'ignorer et de river son regard tueur sur Julie.

— Je ne partirai pas. J'ai des questions à te poser, reprit Éva en serrant le poing.

Delaroche soupira et déclara, en s'asseyant à son bureau :

— Julie, allez m'attendre un peu plus loin, je dois m'entretenir avec ma fille. Ça ne sera pas long. Je vous ferai appeler.

Sans un mot, Julie détala. Éva l'entendit souffler de soulagement dès la porte franchie. Elle réprima un sourire. Elle prit tout son temps pour s'asseoir sur la chaise en face de sa mère. Elle posa ses mains sur ses cuisses et sûre d'elle, elle l'accusa :

— Je sais que tu n'es pas étrangère à la mort de Patricia.

Le visage d'Astrid restait impassible. L'imaginer capable de jouer avec la vie des gens ne la choquait même plus. Toute la petite cour qui gravitait autour d'elle la redoutait autant qu'elle la respectait.

— Patricia s'est suicidée, dit Astrid d'une voix ferme.

Éva avait toujours trouvé étrange la façon dont Patricia était passée du statut de stagiaire à celui d'assistante. L'ascension avait été beaucoup trop rapide. Patricia était la seule qui semblait ne pas craindre la grande Delaroche. Éva l'aimait bien, cette assistante au caractère bien trempé. Les femmes de son acabit mettent rarement fin à leurs jours.

— Ce n'était pas son genre, remarqua Éva qui cherchait à traquer tout signe de mensonge sur le visage de sa mère.

— Tu ne la connaissais pas.

— Plus que tu ne le crois.

— Ah oui ?

La surprise d'Astrid creusait ses traits. Sa méchanceté innée lui donnait dix ans de plus.

— Disons que Patricia et moi avons couché quelques fois ensemble.

Delaroche se ratatina sur sa chaise. La crispation de sa mâchoire laissait jaillir ses muscles.

— Dégage d'ici, vociféra-t-elle en la menaçant de son poing.

Julie guettait Éva dans le couloir. La chanteuse la doubla et la jeune femme la poursuivit.

— Attends, lui chuchota-t-elle, je dois te parler.

Éva secoua la tête en signe de refus. Elle dépassa deux autres portes fermées. Elle sentait la présence de Julie à moins d'un mètre d'elle.

— Qu'est-ce que tu veux, gronda-t-elle en se retournant.

— Je te l'ai dit, je dois te parler. C'est vraiment très important.

Les yeux implorants de Julie et son sourire navré achevèrent de la convaincre.

— Pas ici, je n'ai pas confiance aux employés… et ta mère me fait peur, ajouta-t-elle après un silence.

Éva haussa les épaules.

— Comme tu veux. Où ?

— Viens dans ma voiture. Attends cinq minutes et rejoins-moi sur le parking.

Les mains dans les poches, Éva avançait doucement vers le lieu du rendez-vous. Le moindre bruit lui donnait des frissons. Elle regardait régulièrement par-dessus son épaule. Pour une fois, les véhicules se faisaient rares, limitant les cachettes pour des agresseurs éventuels. Éva se dit qu'elle n'aurait peut-être pas dû accepter ce rendez-vous. Soudain, elle la vit.

Julie était appuyée contre la portière de sa voiture rouge. Elle scrutait les allées et venues, en se masquant le visage avec la main. Elle tapait du pied en soupirant. Une femme sortit côté passager. Éva recula de deux pas quand elle la reconnut : Mila.

— Alors t'es dans le coup ? la questionna Éva en s'adossant à ses côtés.

Du bout des doigts, elle effleurait le téléphone dissimulé dans sa poche. Il avait commencé à enregistrer leur entrevue.

— On travaille toutes les deux pour ta mère. J'ai touché une grosse somme d'argent pour organiser le pseudo suicide de Patricia, avoua Mila.

— J'ai tenté de ne rien dire et de garder tout cela pour moi, mais c'est pesant, reprit Julie. Je l'aime tu comprends et je voudrais vivre avec elle, continua-t-elle en désignant Mila, mais cet argent, ce meurtre...

Éva les dévisagea, la bouche ouverte et les yeux écarquillés.

— Vous êtes ensemble ? Qui me dit que c'est la vérité ?

— J'ai vu les relevés de compte, assura Mila.

Des larmes montaient aux yeux d'Éva, mais elle refusait de craquer. Elle ne désirait pas se montrer faible devant elles. Elle était une femme forte. Éva

Sépia, celle qui avait réussi sans l'aide de personne. Sa mère l'avait toujours traitée comme un parasite. Elle ne l'avait jamais aimée. Elle se redressa et commença à partir.

— Écoute, tu n'es pas forcée de me croire, mais ce n'est pas le seul sang qui a taché ses mains. C'est une femme abominable. Abjecte.

— Apporte-moi des preuves.

Éva s'appuya contre le mur pour essuyer les larmes qui coulaient. Une partie d'elle voulait croire sa mère et l'autre se disait que Julie et Mila n'avaient pas pu tout inventer. Ses jambes flageolaient. Des gouttes de pluie froides la trempaient. Elle n'avait pas envie de rentrer chez elle. Elle héla un taxi. Elle ouvrit la portière arrière et s'écroula sur la banquette de cuir noire usée. Elle avait trouvé l'adresse de Raphaëlle sur une facture qui était tombée de sa poche et elle la donna au chauffeur. L'homme d'un âge avancé lui sourit. Elle s'efforça d'en faire autant. Il n'était pour rien dans ses problèmes. Une odeur de tabac froid flottait encore dans l'habitacle. Les mots de Mila résonnaient en boucle. *Ce n'est pas le seul sang qui a taché ses mains. C'est une femme abominable.*

Elle avait besoin de Raphaëlle, de la serrer fort dans ses bras, de l'embrasser et de la toucher. Elle tremblait. Elle était frigorifiée et avait peur. Elle demanda au chauffeur de monter le chauffage. Sa mère était coupable, même si ce n'était pas elle qui avait poussé son ex-assistante. Sans scrupules, elle s'était débarrassée d'une femme qu'elle avait côtoyée pendant des années. C'était un monstre. Éva avait besoin d'un câlin réconfortant. Dire qu'elle avait recherché pendant des années l'approbation de cette femme. Inconsciemment, elle avait voulu réussir pour susciter sa fierté. Au final, elle devait remercier le ciel d'avoir emprunté un chemin différent. Elle n'avait jamais rien fait d'illégal et encore moins profité de la naïveté des autres. Son succès, elle ne le devait qu'à son travail. Elle prit un bonbon à la fraise dans sa poche. À peine avalé, elle en mangea encore deux. Perdue dans ses pensées, elle ne s'était pas rendu compte qu'ils étaient arrivés à destination. Elle paya et descendit sur le trottoir. La maison la surprit : taille modeste, toute en pierres avec des baies vitrées qui lui conféraient une allure moderne.

Elle sonna à la porte. Son cœur accélérait. Et si Raphaëlle n'était pas là ? Ou pire, si elle avait vu que c'était elle et ne voulait pas ouvrir ? Elle essayait de chasser toutes ces mauvaises pensées. Elle attendait la réponse avec encore plus d'impatience que le début d'un de ses concerts. Elle entendit la clef tourner dans la serrure. Elle retint son souffle. Enfin, Raphaëlle apparut devant ses yeux.

— Éva ?

La surprise se lisait sur son visage, mais elle se recula pour l'inviter à entrer. À peine le seuil franchi, Éva éclata en sanglots. Raphaëlle la serra dans ses bras. Son corps chaud et réconfortant la rassurait. Elle se sentait protégée, en sécurité. Raphaëlle lui caressa doucement les cheveux avant de demander :

— Qu'est-ce qu'il se passe ?

Éva garda le silence. Elle se blottit plus fortement et cala sa tête sur l'épaule de Raphaëlle. Elle n'était pas encore prête pour avouer à cette femme que sa mère avait probablement commandité le meurtre de Patricia.

Elle accordait toute sa confiance à Raphaëlle, qui l'avait attirée au premier regard, qui comprenait qui elle était vraiment et qui lui faisait l'amour mieux qu'aucune autre avant elle. Leurs lèvres se frôlèrent, se trouvèrent et leurs langues s'emmêlèrent.

— Je n'ai pas envie de parler de ça, pas maintenant, murmura Éva.

Leurs corps se touchaient si fort qu'ils auraient pu fusionner. Le baiser qui suivit fut à la fois tendre et intense. Éva glissa ses mains sous le t-shirt de

Raphaëlle. Elle caressa sa peau fine et délicate. Elle fit passer le vêtement par-dessus sa tête et l'abandonna sur le sol.

— Laisse-moi t'attacher, proposa Raphaëlle.

Elle se pencha et sortit une paire de menottes de dessous le sommier. D'un geste rapide, elle les plaça autour des barreaux du lit et les referma sur les poignets d'Éva.

— Qu'est-ce que tu…

— Chut, l'interrompit Raphaëlle avant de l'embrasser doucement.

Elle lui effleura délicatement du bout des doigts les épaules, descendant le long des bras et remontant lentement sur les côtés. Des frissons naissaient sur la peau, qui dégageait une odeur discrète de crème hydratante. Elle posa ses lèvres sur le bas de son ventre et parcourut la distance jusqu'au bout des seins avec la langue. Deux petits baisers jetés dans le cou la menèrent à son oreille gauche dont elle mordilla tendrement le lobe. La respiration d'Éva devenait plus saccadée et Raphaëlle se glissa entre ses jambes qu'elle venait d'écarter pour mieux s'offrir. Les menottes tintaient en frottant sur les barreaux en métal.

Raphaëlle faufila ses mains jusqu'aux hanches et s'installa confortablement pour placer sa bouche sur la zone intime de sa partenaire. Elle releva à peine la tête pour souffler lentement. Le bassin d'Éva se soulevait et Raphaëlle s'éloignait juste assez pour que sa langue la frôle à chaque mouvement. Le rythme devenait de plus en plus rapide, elle appuya un peu plus. Des bruits de succion faisaient écho aux gémissements. Éva se crispa une dernière fois.

Raphaëlle posa sa tête sur son ventre et resta ainsi à la caresser pendant qu'elles reprenaient leurs souffles. Puis elle retira les menottes.

Elle replaça ses cheveux et se pencha sur le côté pour ouvrir le tiroir de sa table de nuit. Elle prit un petit étui en satin rouge et le tendit à Éva en lui chuchotant :

— J'ai un cadeau pour toi.

— Tu viens déjà de m'en faire un.

— Ouvre.

Un bracelet en argent représentant le symbole de l'infini brillait sous la lumière de la lampe de chevet.

Raphaëlle lui attacha au poignet gauche en déclarant :

— Tu es mon équilibre. Entre nous, quelque chose de fort a commencé et ne peut se finir.

18

Raphaëlle s'engouffra dans le hall par la porte restée entre-ouverte. Elle n'était encore jamais venue ici. Dans l'ascenseur, en appuyant sur le bouton numéro quatre, elle s'efforça de respirer calmement pour ne pas perdre le contrôle. Éva avait fini par s'endormir. Quant à elle, ses nerfs étaient tellement à vif que l'adrénaline rendait tout repos impossible. Elle n'avait pas réussi à lui tirer les vers du nez. Elle avait obtenu peu de détails : elle avait vu Julie chez Delaroche. Son assistante travaillait pour l'ennemi et cette rencontre l'avait secouée. *Que s'étaient-elles dit ? Mystère.* Elle sonna. Elle soupira devant le manque de réaction. Sa montre affichait trois heures sept. Tant pis pour les voisins, il fallait qu'elle sache. Elle laissa son doigt appuyé sur la sonnette.

La porte finit par s'ouvrir.

— Ça ne va pas, non ? grogna Julie, debout face à elle, en pyjama.

Raphaëlle lui serra le cou en la faisant reculer à l'intérieur de l'appartement. Julie agitait les bras pour tenter de se libérer, mais elle la tenait fermement. Elle la plaqua contre le mur qui vibra dans un bruit sourd.

— Tu m'as trahie ! Tu n'avais pas le droit de t'en prendre à elle ! Tu m'entends ? vociféra Raphaëlle dont la mâchoire tremblait et les prunelles viraient au vert.

Julie ne bougeait plus. Elle retenait son souffle et elle cherchait comment se sortir de là en regardant à droite et à gauche.

— Lâche-moi, supplia-t-elle faiblement.

— Pourquoi tu lui as fait ça ? Pourquoi ? cria Raphaëlle qui sentait son cœur battre trop fort.

— De qui tu parles ? demanda Julie en écarquillant les yeux.

Raphaëlle resserra plus fort l'étreinte autour du cou et Julie toussa. Elle l'avait trahie et en plus elle la prenait pour une idiote.

— J'ai ramassé Éva à la petite cuillère tout à l'heure. Elle tremblait et pleurait. Juste avant, elle m'a dit qu'elle t'avait vue.

— Lâche-moi, répéta Julie qui peinait à avaler sa salive.

Raphaëlle ne bougea pas. En réponse, Julie lui asséna un violent coup de poing dans la pommette gauche et une douleur fulgurante irradia son visage. Elle répliqua par un coup de pied dans les genoux. Julie fléchit et prit appui contre le mur, le souffle court. Raphaëlle manipula sa mâchoire pour vérifier que rien n'était cassé.

— Pourquoi tu te mêles de mes histoires avec les Delaroche, s'étonna Julie qui reprenait de l'assurance, à quelques centimètres de sa patronne.

Le poing de Raphaëlle s'abattit sur son nez. Du sang se mit à couler, créant des auréoles sombres sur le parquet.

— Bon sang, vous êtes folles ? Vous savez quelle heure il est ? Julie, tu saignes ! gronda Mila.

Elle se trouvait dans la pièce. Raphaëlle ne l'avait pas vu entrer. Elle était vêtue d'une nuisette rouge transparente et les yeux des deux femmes s'attardèrent quelques instants sur ce corps magnifique, dont la nudité se détachait toute en transparence.

— Ne te mêle pas de ça, lui enjoignit Julie qui se tenait le nez.

— Tu n'as jamais su donner les ordres. Toi tu exécutes, lui répondit Mila, avec son accent slave en entrant dans une des pièces.

Elle revint avec des compresses, de la pommade et commença à soigner Julie.

— Prends des glaçons dans le frigo et mets-les sur ton visage, proposa-t-elle à Raphaëlle.

La situation n'avait pas l'air de la faire paniquer. Elle embrassa Julie sur les lèvres. Cette dernière lui empoigna la main. Raphaëlle n'avait jamais cherché à savoir avec qui sortait Julie et elle était bien étonnée qu'elle soit en couple avec Mila. Un lien assez fort semblait les unir.

— Si vous parliez de manière civilisée, proposa Mila d'une voix douce.

Elle embrassa Julie sur le front et s'enferma dans une des pièces. Raphaëlle ne comprenait plus rien. Elle s'assit sur le fauteuil et attendit.

Devant le silence de son employée, elle se lança :

— J'ignorais que vous vous connaissiez.

— On va bientôt se marier.

— Je ne sais pas si je dois te féliciter.

— Je m'en fous de ton avis, tu sais. Tu veux un café ?

— Je suis déjà assez énervée. Que faisais-tu chez Delaroche ? Pourquoi Éva est si bouleversée ? Que lui as-tu fait ?

— Delaroche m'a embauchée pour te surveiller. Mais je ne suis pas très douée. Je ne savais même pas que tu sortais avec sa fille, c'est dire.

— Ça me regarde.

— Mila bosse depuis un moment pour la vieille bique. Je l'ai rencontrée là-bas un soir.

— C'est dangereux de graviter dans la sphère Delaroche, tu sais ?

— Je commence à m'en rendre compte, répondit-elle en désignant son nez gonflé.

— Je ne m'excuserai pas.

— Je ne t'ai rien demandé.

— Et Éva ? Tu lui as fait quoi ?

— Elle s'est enfermée avec sa mère. Mila souhaitait qu'on lui explique certaines choses.

— Delaroche a fait tuer des gens, tu sais ?

— Je sais. Je…

Julie baissa la tête et fixa ses pieds nus.

— Mila a touché de l'argent pour ça.

— Eh bien bravo. Tu veux te marier à une…

— Je… je… Je crois que je l'aime.

— Il va falloir que tu choisisses ton camp. Très rapidement.

Julie ne répondit rien, les yeux perdus dans le vague, elle jouait avec la bague de son annulaire gauche.

— De toute façon je suis dans la merde jusqu'au cou, finit-elle par répliquer, en haussant les épaules. Je ne te raccompagne pas. Tu connais la sortie.

— Inutile de te dire que ce n'est pas la peine que tu reviennes au bureau.

19

Raphaëlle faisait les cent pas dans sa cuisine en attendant qu'Éva se lève. Elle ne s'était pas recouchée après sa visite chez Julie. Son esprit analytique n'avait cessé de passer en revue les informations qu'elle avait reçues. Sa pommette gauche la faisait souffrir et son œil était noir et enflé. Elle se sentait épuisée et elle s'en voulait. *Comment me suis-je débrouillée pour me retrouver dans un tel guêpier ? Mon plan de départ était si simple : écraser les Delaroche. Pourquoi me suis-je fait avoir, pourquoi avoir succombé à Éva. La fin des Delaroche est tellement proche que je devrais m'en réjouir. J'ai presque accompli ma mission.* Une voix résonna derrière elle.

— Salut toi !

Raphaëlle détourna la tête, faisant mine d'être occupée à feuilleter un épais dossier sur le plan de travail.

— Coucou ! Bien dormi ? s'informa-t-elle en gardant le visage baissé.

— Bizarrement oui, mais je dois filer, s'excusa Éva. J'ai un rendez-vous vraiment important. Merci pour tout ce que tu fais pour moi Raph.

Elle s'approcha dans le dos de Raphaëlle qui lui demanda doucement :

— Tu veux un ptit dej ?

— Je n'ai pas le temps, désolée, murmura Éva en lui enserrant le corps avec les bras. Mais je veux bien un bisou.

Raphaëlle se retourna pour l'embrasser. Au même moment, elle se rendit compte de sa bêtise. Éva devint toute blanche et s'écria :

— Mais tu t'es battue ? Tu vas bien ? Tu as mal ?

Raphaëlle la prit dans ses bras et lui caressa doucement le dos.

— Ce n'est pas grave, ne t'occupe pas de ça, demanda-t-elle.

— Ta pommette est explosée et ton œil est tout gonflé. Arrête de dire que ce n'est pas grave, s'énerva Éva en désignant les plaies avec l'index.

— Je crois que la réponse habituelle est : je me suis cognée dans une porte, non ?

Éva lui caressa tendrement le visage en prenant soin d'éviter les zones douloureuses.

— Tu as vu un docteur ? s'inquiéta-t-elle, en s'approchant encore pour scruter les blessures.

Raphaëlle fit non de la tête et Éva l'embrassa tout en douceur en l'effleurant du bout des lèvres.

— Certains bisous sont magiques, énonça-t-elle et elle recommença.

Raphaëlle avait très envie de lui faire l'amour, de sentir leurs corps nus s'enlacer. Mais elle ne souhaitait plus succomber. Cette histoire devenait trop compliquée et elle ignorait le rôle que jouait Éva.

— J'aimerais te dire que oui, lui répondit-elle, mais tu devrais te dépêcher, tu vas être en retard pour ton rendez-vous.

— Dire que l'autre jour, c'était toi qui m'avais demandé de rester, qui voulais que je me rebelle et aujourd'hui...

— L'autre jour, c'était l'autre jour, la coupa Raphaëlle. Tu as aussi une réputation à tenir, ne l'oublie pas.

Éva soupira. Elle enfila son blouson et en remonta la fermeture éclair. Elle pivota et sortit. *Si tu savais à quel point c'est difficile de te laisser partir*, songea Raphaëlle en allumant la cafetière.

Elle se versait une dose de chantilly dans sa tasse, quand Éva revint avec son ordinateur portable glissé sous le bras.

— Au fait, lui déclara-t-elle, ce truc rame et fait des trucs bizarres. Tu peux le réparer ? Tu es douée, non ?

Raphaëlle sursauta. Rien que le son de cette voix lui avait provoqué des frissons.

— Je regarderai ça, lui promit Raphaëlle en souriant.

— Prouve-moi à quel point tu es bonne, lui lança Éva en la toisant avec un air de défi.

Éva arriva devant l'immeuble Delaroche en sifflotant. Elle trouva presque la blondinette de la réception sympathique et pour une fois, celle-ci se souvenait de son existence.

— Votre maman vous attend dans son bureau.

À peine la porte franchie, Éva sentit que quelque chose clochait. Sa mère faisait preuve d'un calme anormal, assise le dos droit sur sa chaise. Contrairement à ses habitudes, elle portait des vêtements noirs. Elle semblait avoir pris vingt ans.

Julie était présente, de profil, un immense pansement sur le nez et des hématomes sur la figure.

Éva comprit immédiatement d'où venaient les traces de coups sur le visage de Raphaëlle.

— Mère, qu'est-ce qui…

Elle se tut, laissant sa phrase en suspens. Le regard tueur de Delaroche la dissuada de demander une quelconque explication. Elle s'assit en face d'elle, ignorant Julie. Elle ne s'était jamais aperçue que ses rides étaient aussi prononcées. Même son rouge à lèvres paraissait moins éclatant. Julie prit une chaise et se plaça à côté d'elle. Éva sourit. Elle imaginait Raphaëlle en train de lui donner une bonne leçon. Elle demanda :

— Tu as fait quelque chose qui a déplu à Raphaëlle à ce que je vois ?

Julie haussa les épaules.

— Je ne sais pas ce que tu lui as raconté, mais ton nouveau garde du corps a un solide crochet du droit.

— Elle n'aime pas qu'on s'en prenne à moi.

— Je ne t'ai jamais agressée que je sache. J'ai été obligée de riposter. Elle m'aurait tuée.

— J'ai vu. Tu n'y es pas allée doucement.

— Éva. Tu dois cesser de voir cette femme immédiatement, la somma sa mère en ponctuant sa phrase d'un coup de poing sur le bureau.

— Arrête de jouer à ça avec moi. Je suis majeure, je vois et couche avec qui je veux. Tu n'as rien à me dire. Je fais ma vie comme je l'entends. Tu ne t'en prendras pas à elle, pas comme Iris, tu m'entends ?

— Arrête. Cette femme n'est pas fiable. Elle travaille pour moi. Tu es qu'un pion dans cette histoire. Elle te surveille et toi tu t'es laissée avoir. Ma pauvre fille…

Éva se leva d'un bond. Rouge de colère elle se dirigea vers la porte.

— Où vas-tu ? l'interpella sa mère

— J'ai des trucs à faire.

J'ai bien envie de t'éclater ton autre pommette, Raphaëlle, songea-t-elle, en serrant les poings.

20

Raphaëlle en était à son troisième café à la crème et elle se débattait encore avec l'ordinateur d'Éva. Elle avait réussi à enlever tous les logiciels qu'elle avait installés et il n'y avait plus aucune trace de sa trahison.

Elle souffla de soulagement. Espionner sa petite amie avait quelque chose de malsain et elle voulait repartir de zéro après avoir résolu cette affaire. Une fois la meurtrière d'Iris entre les barreaux, il n'y aurait plus de secrets entre elles deux.

Si un amour sincère existait entre Éva et elle, elle n'avait pas le droit de gâcher ça à cause des cachotteries. Une chose était certaine, quelqu'un d'autre avait piégé cet ordinateur. Elle ne savait pas de qui il s'agissait, mais elle avait des difficultés à corriger les failles, pourtant elle avait l'habitude d'être la meilleure. Le manque de sommeil annihilait peut-être ses facultés.

Purée, mais qui a foutu ce truc là-dessus, bougonna-t-elle, en tapant du poing sur la table. À chaque fois qu'elle le désinstallait, il se réinstallait tout seul. Elle réédita l'opération une dizaine de fois.

Je hais quand on me résiste ! cria-t-elle, en soulevant l'ordinateur dans les airs et en faisant mine de le lancer contre le mur. Elle le reposa et prit son téléphone. Elle déverrouilla l'écran et hésita quelques secondes. Elle détestait s'avouer vaincue. Elle jeta un œil aux emails arrivés dans sa boîte et se résolut enfin à téléphoner à Patrick.

Il répondit à la première sonnerie.

— Patrick, j'ai un problème. Un ordinateur vérolé. Je ne parviens à rien.

— Tu perds la main, ma vieille, la railla-t-il.

Elle entendait de l'eau couler.

— Je te jure que non, se défendit-elle en jouant avec le stylo qu'elle tenait.

— Tu as même pas pris le temps de regarder les fichiers que je t'avais envoyés, lui reprocha-t-il.

Des bruits de pas résonnaient dans le combiné.

— Je n'ai pas eu une minute à moi. C'est compliqué en ce moment.

Elle soupira et ferma les yeux.

— Le temps, tu vas le prendre, lui ordonna-t-il d'une voix ferme.

— Tu me menaces ?

— Écoute ma vieille, calme-toi et reste polie. C'est toi qui m'as demandé de t'aider, non ? À chaque fois que tu es sur le point d'échouer, je te sauve les miches. Tu ferais bien de m'être un peu reconnaissante.

Raphaëlle serra le poing. Elle détestait qu'on lui fasse la morale. Elle ne supportait pas la moindre faiblesse.

— Aide-moi à enlever ce truc de là, bougonna-t-elle.

Elle se leva pour saisir une tablette de chocolat et retourna à sa place.

— Je vais prendre la main et je m'en occupe, soupira Patrick.

— J'ai déjà enlevé tout ce que j'avais installé. Je ne comprends pas ce qu'il se passe, lui expliqua Raphaëlle qui regardait la souris se déplacer sur l'écran sans la moindre intervention de sa part. En quelques minutes, le problème était résolu.

Raphaëlle raccrocha et arpenta la cuisine en pouffant de rage. Le sang cognait dans ses tempes, et elle se prit le visage dans les mains.

— Alors, comme ça, tu avais piraté mon ordi ? demanda froidement une voix dans la pièce.

Raphaëlle fit volte-face. Elle avait l'impression qu'on venait de lui assener un violent coup derrière la tête. Éva se tenait debout dans son dos, incroyablement calme. Son visage ne reflétait aucune émotion malgré cette trahison.

Éva avança et Raphaëlle recula. La chanteuse prit une dosette sur son support, une tasse propre sur l'étagère au-dessus et se coula un café. Raphaëlle retenait son souffle. Elle n'osait plus bouger.

— J'aurais dû me méfier de toi, reprit Éva en faisant craquer ses doigts.

Le sentiment de trahison qui l'envahissait engourdissait petit à petit toutes ses sensations. Elle avait l'impression de flotter, de vivre un cauchemar éveillé. Elle désirait lui parler de Julie. Elle avait parcouru le chemin jusqu'à chez Raphaëlle en ayant qu'une envie : exiger des explications sur ce qu'il s'était passé la veille. Elle se sentait sûre d'elle, prête à en découdre, mais toute son énergie s'était évaporée dès qu'elle avait entendu les aveux de cette femme à qui elle avait accordé toute sa confiance.

— Pourquoi ? lui demanda-t-elle d'une voix atone.

Raphaëlle s'accroupit à ses côtés et lui prit la main. Elle sentit les doigts d'Éva qui se crispaient.

— Ta mère voulait que je trouve des fichiers vidéo. Elle pensait que tu les avais peut-être.

— Bien sûr…, murmura Éva dans un souffle.

Elle secoua la tête. Elle commençait à comprendre. Sa mère avait encore fourré son nez dans sa vie privée pour pouvoir la contrôler. Elle déclara, en regardant le café qui refroidissait dans la tasse :

— Je suppose que tu as fait ça le premier soir, quand tu es venue chez moi ?

Raphaëlle baissait la tête, confuse. Ses mains tremblaient. Le froid la glaçait jusqu'aux os.

— Oui, avoua-t-elle d'une voix chevrotante.

Des larmes roulaient sur les joues d'Éva. La limpidité des choses l'effrayait. *Ainsi, cette femme ne m'a jamais désirée. Elle s'est simplement servie de moi. Moi qui avais recommencé à croire en l'amour…*

— Bravo, déclara-t-elle en applaudissant. Tu es forte. Je me suis bien fait avoir. Je n'ai rien vu venir. Notre histoire n'était que mensonge. Rien n'était vrai.

— Non, attends, ne dis pas ça, protesta Raphaëlle d'une voix blanche.

Éva se leva d'un bond. Les bras croisés sur la poitrine, elle reprit :

— Non ? Alors comment tu appelles ça toi ? Vas-y, je t'écoute !

— Tu es la plus belle rencontre de ma vie, avoua Raphaëlle, qui ne parvenait plus à retenir ses larmes.

— Ben voyons. Continue avec tes mensonges.

— Je te jure. Tu as changé ma vie à jamais.

— Le moins que l'on puisse dire c'est que tu mens toujours aussi bien, ricana Éva.

Elle tourna le dos et ses bras retombèrent le long se son corps.

— Arrête de dire ça. Mes sentiments sont réels.

— Pourquoi es-tu venue à mon concert ? Ordre de ma mère ?

— Oui, avoua Raphaëlle en clignant des yeux. Les larmes brouillaient sa vision.

Éva lui fit face. La mâchoire crispée, elle vociféra :

— Tout était déjà arrangé. J'étais piégée quoique je fasse.

— J'ignorais que Delaroche était ta mère, se défendit Raphaëlle en tapant du poing sur la table.

Éva sursauta.

— Arrête de t'énerver. C'est moi la victime, n'inverse pas les rôles.

— Je ne savais pas que tu étais une Delaroche. Si je l'avais su…

— Précise. Si tu l'avais su quoi ? Tu ne serais pas avec moi, c'est ça ?

Raphaëlle rougit, mais ses yeux lançaient des éclairs de colère et prenaient une nuance verte.

— Je voulais juste dire que ce n'était pas prémédité. Rappelle-toi : c'est toi qui es venue dans ma voiture, c'est toi qui m'as invitée à manger une tarte, c'est toi qui m'as filé rencard.

Éva garda le silence. Dans sa tête tout se bousculait. Raphaëlle n'avait pas tort. Elle l'avait attirée avant même qu'elle ne la connaisse. Elle avait eu envie de la serrer fort, de l'embrasser, dès les premières secondes.

— Dis-moi la vérité : es-tu sortie avec moi pour obéir aux ordres de Delaroche ?

— Non. Je ne savais pas qu'elle était ta mère avant que tu en parles chez Cathy Délices.

— M'aurais-tu poursuivie si tu n'avais pas eu mon ordinateur à pirater ?

Raphaëlle hésita une fraction de seconde avant de bégayer :

— Je… je… je

— Laisse tomber, j'ai compris.

Éva se leva et quitta l'appartement sans même se retourner. Les larmes coulaient tellement abondamment de ses yeux qu'elle parvenait à peine à voir la route en conduisant.

21

Le soleil inondait déjà la chambre, quand Éva ouvrit les yeux. Elle s'étira. Dans sa tête, tout était flou. Pour la première fois de sa vie, elle avait avalé des somnifères et ce sommeil artificiel lui avait embrumé le cerveau. Pas un bruit ne filtrait. Elle s'était habituée à la présence apaisante de Raphaëlle et les draps sentaient encore son odeur, mais ce matin la solitude criait. La trahison lui revint en mémoire : l'ordinateur, la surveillance, l'abus de confiance. Elle remonta la couette jusqu'à ses cheveux, mais cela ne suffit pas pour enfouir ses souvenirs. Elle était familiarisée avec les coups bas de sa mère, mais là elle n'avait pas vu venir cette femme, troublante, au regard hypnotisant. La bouche sèche, elle avait besoin d'un café. Elle se leva lentement, encore groggy.

Elle s'assit sur le canapé et en savoura quelques gorgées. Elle réactiva son enceinte connectée et lui demanda l'heure. Lorsque la voix retentit dans le silence, Éva faillit en lâcher sa tasse : midi trois. *Je ferais bien de manger un truc*, songea-t-elle en se dirigeant vers le congélateur pour vérifier les plats préparés. Elle opta pour un hachis parmentier, qu'elle réchauffa au micro-ondes. C'est en se réinstallant sur le canapé, qu'elle s'aperçut, en déposant son assiette sur la table basse, que le voyant de son téléphone portable clignotait. Elle prit une fourchette de purée et tendit le bras pour le saisir. Elle débloqua l'écran en y apposant son empreinte. Le nombre de SMS reçu s'afficha. Elle sut immédiatement que quelque chose s'était passé durant son sommeil. Cinquante-trois appels manqués et trois cent douze messages non lus. *C'est quoi ce bordel*, dit-elle à voix haute. En soupirant, elle prit une autre bouchée de hachis. Elle se dépêcha de terminer son assiette avant d'en commencer la lecture, qui, elle s'en doutait par avance, n'allait pas être agréable. Elle déposa sa vaisselle sur la table et s'enfonça confortablement dans le canapé. Elle remit le son et pâlit. Sa pire crainte se matérialisait devant ses yeux. Sa mère était accusée du meurtre d'Iris, une vidéo avait été envoyée à la police. Éva Sépia Delaroche avait été démasquée. Toute la presse titrait sur le fait que la chanteuse était la fille d'Astrid Delaroche, la tueuse. Les journalistes souhaitaient des interviews, les réseaux sociaux se déchaînaient, les contacts exigeaient de savoir pourquoi Éva leur avait caché ça. Plus personne n'ignorait les drames qui se déroulaient, à moins d'habiter sur une autre planète. *Se pourrait-il que…*

Raphaëlle a-t-elle voulu se venger ? Elle a fouillé mes fichiers et je me suis confiée. Cette femme sans scrupules a très bien pu dévoiler ce qu'elle sait pour de l'argent ou juste pour le plaisir. La vidéo incriminant ma mère est-elle un montage ? Quelles sont exactement les capacités de Raphaëlle ? Elle ne m'a jamais caché à quel point elle est douée. Elle connaissait Iris. Toute cette histoire n'est peut-être qu'un plan machiavélique mis sur pied par Raphaëlle pour se venger des Delaroche.

L'empire s'effritait et le monde d'Éva s'écroulait. Un vertige s'empara d'elle et elle courut aux toilettes pour vomir. Dans sa tête défilaient les images du passé, d'Iris, de sa mère, de la scène, et de sa première rencontre avec Raphaëlle. Elle frissonnait. Sa gorge la brûlait.

Elle s'assit sur le sol de la salle de bain et poursuivit la lecture de la presse. Astrid Delaroche, avait été arrêtée aux aurores pour l'assassinat d'Iris Ollier. Des preuves incontestables avaient été transmises aux forces de l'ordre, dont une vidéo du crime. Henri Racine avait pris les commandes de l'entreprise, en attendant que la Star Éva Sépia donne signe de vie.

Elle soupira. Elle ne se sentait pas capable de gérer les affaires familiales. Son univers, c'était la musique, pas les finances. Elle luttait contre une envie irrépressible de préparer un sac à dos et de s'enfuir loin de ce scandale, de tout abandonner, d'aller respirer dans la nature, de se déconnecter des informations, de la télévision, de la presse et d'éteindre son téléphone. Les appels et messages incessants continuaient et gênaient sa navigation. Résignée, elle sélectionna de nouveau le mode silencieux.

Elle traîna les pieds jusqu'à la douche et se glissa sous le jet brûlant. Elle se savonna rapidement. Après le rinçage de ses cheveux, sa décision était prise : elle allait affronter les épreuves qui l'attendaient. Elle ne reculerait pas face à l'adversité et ne s'abaisserait pas devant Raphaëlle.

Dans son armoire, elle choisit un jeans noir, une chemise blanche. Elle enfila son blouson de cuir.

Raphaëlle patientait au pied de l'immeuble Delaroche depuis l'aube. Elle désirait s'expliquer. Elle imaginait dans quel état d'abattement devait se trouver Éva. À sa place, elle se serait effondrée. Elle en avait rêvé durant des années et maintenant qu'elle avait vaincu Delaroche, elle se sentait triste.

Elle avait pensé fêter la chute de cette femme en trinquant et en mangeant un gros morceau de gâteau au chocolat recouvert de chantilly. Elle avait tenté de s'introduire dans les bureaux pour y rejoindre Éva, mais le service d'ordre l'en avait empêchée. Elle attendait, en surveillant la porte des yeux. Un amas de curieux et de journalistes jouait des coudes pour obtenir une meilleure place. Le bruit généré lui donnait l'impression de se trouver dans un essaim géant. Elle avait chaud et sa chemise lui collait à la peau. Le soleil pointait enfin le bout de son nez. Elle réajustait sa queue de cheval, tirant sur son élastique, quand Éva la frôla de si près que son parfum lui remplit les narines. Ses poils se dressèrent. Incroyable, la star arrivait seulement. Elle marchait bien droite, d'un pas décidé, les yeux dissimulés derrière ses lunettes noires. Sa force de caractère impressionna toute l'assistance. Des murmures se firent entendre.

Elle se retourna quelques secondes et elles se regardèrent. Raphaëlle s'avança. Elle mourait d'envie de la serrer dans ses bras, de la soutenir. Mais Éva pénétra dans son immeuble. Raphaëlle s'engouffra à sa suite prétextant qu'elle l'accompagnait. Elle ne laissa pas le temps à la sécurité de réagir. Éva entra dans les toilettes du rez-de-chaussée et Raphaëlle la rejoignit.

— Écoute-moi Éva, supplia Raphaëlle en la retenant par la main pour l'empêcher de fuir.

Elle tenta de se libérer puis soupira. Après quelques secondes de silence, elle finit par dire :

— Je crois que j'ai tout compris. Tu voulais la fin des Delaroche. Tu as réussi. Point final.

— Je n'y suis pour rien.

Éva la gifla. Raphaëlle la lâcha et recula d'un pas.

— Tu penses vraiment que je vais te croire ? Tu n'avais pas vu ces images peut-être ? s'énerva Éva.

Elle retenait sa colère pour éviter que leur altercation soit entendue de l'extérieur.

— Je les ai vues. Je comptais t'en parler avant de faire quoique ce soit. Elle a tué Iris, mon amie… mais tu es importante pour moi. C'était tellement compliqué.

— Tu le sais depuis quand ?

— Depuis le jour où on a fait les crêpes.

— Tu… tu aurais largement eu le temps de me prévenir, si tu en avais eu envie.

— Je ne savais pas comment m'y prendre.

Éva leva les yeux au ciel. Le comportement de Raphaëlle lui portait sur les nerfs.

— Tu te fous de moi ?

Éva poussa l'une des portes des toilettes et s'enferma à l'intérieur. Raphaëlle s'adossa contre le mur et expliqua :

— J'ai été engagée par ta mère pour trouver ces vidéos, mais je ne savais pas ce qu'elles contenaient. J'ai signé une clause de non-divulgation. Je n'avais pas le droit de…

— Tu m'as trahie pour un bout de papier, la coupa Éva.

— Je ne t'ai pas trahie. Je…

— Arrête. J'en ai assez entendu. Écarte-toi.

Raphaëlle fit un pas sur le côté et Éva sortit. Elle se lava les mains. Elle se concentra sur la sensation de l'eau chaude qui coulait sur sa peau et respira profondément.

Raphaëlle se glissa dans son dos et l'enroula de ses bras. Elle murmura :

— Ce n'est pas moi qui ai donné les vidéos à la presse, ni à la police. Je cherchais la meilleure façon de t'en parler. J'ai attendu, mais quelqu'un…

— Qui, quelqu'un ? Tu étais la seule à les avoir non ?

— Non. Patrick, un mec qui bosse pour moi les avait aussi.

Éva soupira. Raphaëlle patientait immobile. Elle resserra un peu plus fort son étreinte. Le visage d'Éva renvoyé par le miroir ne trahissait aucune émotion. *Me croit-elle ? Ai-je encore une chance de la convaincre ?* Elle la caressa doucement à travers ses vêtements.

Julie entra dans la pièce. Elles tournèrent la tête dans sa direction. Elle se toisèrent. Éva sentit les muscles de Raphaëlle se contracter elle l'observa. La mâchoire crispée, elle tentait de se maîtriser.

— Eh, Raphaëlle, tu devrais t'éloigner de cette fille, l'apostropha Julie en riant. La folie est héréditaire. Elle est aussi tarée que sa mère. Contrairement à elle, elle ne sait rien faire. C'est une…

Elle n'eut pas le temps de terminer sa phrase. Éva se jeta sur elle et la poussa des deux mains. Son corps partit en arrière tandis que sa tête heurta la porcelaine blanche du lavabo. Du sang coulait de sa blessure et se répandait sur le sol. Raphaëlle sourit de satisfaction. Si Éva n'avait pas été aussi rapide, elle aurait cogné le visage de son ex-employée. Éva s'était reculée contre la porte et serrait le poing pour ne pas continuer de frapper.

— C'est bien ce que je disais, cracha Julie, tu n'es qu'une folle. J'en ai la preuve. Tarée !

Elle s'avança vers Éva et Raphaëlle se plaça entre elles deux.

— N'essaie même pas, lui intima-t-elle en fusillant Julie des yeux.

Le sang continuait à s'épandre sur le sol en petites gouttes.

— Cette tarée m'a frappée, hurla Julie en désignant sa tête.

Un agent de sécurité fit irruption dans les toilettes et les pria de le suivre.

Dans le bureau de Delaroche Henri lisait un dossier. Il releva les yeux. Il se rembrunit quand il aperçut la tête de Julie en sang.

— Que s'est-il passé, demanda-t-il en se levant et en avançant en direction des filles.

La voix grave de cet homme calma tout le monde. Il esquissa un signe et l'agent de sécurité disparut dans le couloir.

— Cette folle m'a agressée, geignit Julie en désignant Éva avec son index.

Henri posa un regard sévère sur Éva puis revint sur Julie qu'il sermonna :

— Tu ne devrais pas être ici. Je t'avais demandé de rester chez toi. Tu n'as rien à faire dans les locaux. Voici ce qui arrive quand on désobéit.

— Mais papa…

Éva et Raphaëlle se regardèrent.

22

Henri croisa les bras sur sa poitrine. Il toisait Julie du regard. Raphaëlle et Éva s'écroulèrent sur les chaises, dans ce qui était encore hier le bureau d'Astrid Delaroche.

— Vous ne croyez pas que c'est assez le bazar ?

Julie baissait la tête. Éva redressa fièrement le menton et avoua :

— Cette garce m'a accusée d'être aussi folle que ma mère et d'être une incapable. J'ai vu rouge et je l'ai poussée.

Henri grimaça.

— Tu ne l'as pas ratée, constata-t-il.

— Je l'ai simplement poussée. C'est elle qui s'est cognée.

Raphaëlle lui prit la main et son rythme cardiaque accéléra.

— Le résultat est le même, répondit-il. Elle a besoin de points de suture. Sa tête continue de saigner et elle a peut-être un traumatisme crânien.

Il saisit le combiné et demanda à son interlocuteur de venir chercher Julie pour l'emmener à l'hôpital. Moins de cinq minutes plus tard, un jeune homme blond, qu'Éva n'avait jamais vu, fit irruption et porta Julie dans ses bras.

— Tu dois absolument parvenir à te contrôler Éva, la gronda Henri. Après tout ce qu'a fait ta mère et toutes les choses qui vont être déterrées, tu dois être irréprochable.

Une lueur d'inquiétude perçait dans ses yeux. C'était la première fois depuis qu'elle était petite, qu'Éva le sentait aussi soucieux. Elle se mit debout et avança fièrement jusqu'à se retrouver devant lui. Raphaëlle la trouvait tellement belle. Elle admirait toute cette force qui émanait d'elle.

— Je n'ai pas peur des challenges. Je sais être à la hauteur, affirma Éva en levant le poing.

— Je sais que tu es capable de tout. Mais parfois ton caractère…, commença prudemment Henri.

— Je sais garder mon self-control, le coupa Éva.

— On en a eu la preuve encore aujourd'hui, la taquina-t-il.

Des étincelles de colère s'allumèrent dans les yeux de la chanteuse, jusqu'à ce qu'elle voie le sourire s'afficher sur le visage de son interlocuteur. Raphaëlle gardait le silence. Elle avait envie de la prendre dans ses bras et de l'emporter loin de tous ces problèmes.

— Qu'allons-nous faire maintenant ? demanda Henri dont la voix s'était radoucie.

— Raphaëlle était venue me dire qu'elle n'était pas à l'origine du scandale.

— En fait, la corrigea-t-elle, je lui ai dit que j'avais vu ces images, fournies par un de mes collègues, mais que je réfléchissais à ce que je devais faire quand cette affaire a éclaté.

— C'est ce collègue qui a tout déclenché ? demanda Henri qui prenait des notes dans un carnet orange à spirales.

— Il y a des chances, avoua Raphaëlle en baissant la tête. Si j'en avais parlé à Éva plus tôt, au lieu d'essayer de la préserver, nous n'en serions pas là. Désolée, ajouta-t-elle en cherchant à croiser le regard de la chanteuse. Astrid m'avait embauchée pour trouver ces vidéos, mais je ne savais pas ce qu'elles contenaient. J'avais signé une clause de confidentialité. C'est vrai, j'avais piraté l'ordinateur d'Éva pour vérifier qu'elle ne possédait pas d'images susceptibles de nuire à sa mère. Je n'ai rien déniché et j'ai tout désinstallé. J'étais loin d'imaginer que c'était de meurtre dont il s'agissait. J'aurais refusé ce travail. S'il vous plaît, croyez-moi, supplia Raphaëlle en fermant les yeux.

Elle avait l'impression de vivre un cauchemar éveillé. Quand elle avait visualisé la ruine des Delaroche, elle ne s'y était pas vue impliquée jusqu'au cou.

— Tu voulais ta vengeance sur notre famille, tu l'as eue. Félicitations, tu as gagné, tu peux être fière de toi. Je m'incline, ironisa Éva en applaudissant.

Ces phrases avaient l'effet d'un coup de couteau dans le cœur de Raphaëlle. Non, elle n'était ni fière ni heureuse. Elle se sentait cassée, détruite. Elle avait l'impression d'avoir tout perdu elle aussi.

— Tu te trompes, je n'ai pas…

— Tu devrais partir, Raphaëlle, et ne plus jamais revenir. Astrid Delaroche est au tapis. Tu n'as plus rien à faire ici, lui conseilla Éva en lui désignant la porte du doigt.

Les yeux d'Éva lançaient des éclairs de haine. Le rictus de sa bouche trahissait toute sa colère. Elle avait souffert, avait encore mal, et les heures qui allaient suivre n'allaient pas être plus agréables.

— J'ai envie d'être ici, riposta Raphaëlle dont les larmes lui montaient aux yeux.

— Je n'y crois pas une seconde, répondit Éva en ricanant.

— Je t'aime. Je ne t'ai jamais trahie. Je veux être là où tu seras.

Raphaëlle ne dévoilait jamais ses sentiments et elle fut la première surprise de cet aveu. Elle poursuivit en lui prenant la main :

— Je ne pensais pas rencontrer quelqu'un comme toi. Pour la première fois de ma vie, j'ai envie de bâtir une relation solide, de te soutenir et de prendre soin de toi. Laisse-moi faire mes preuves.

La bouche fermée et les yeux clos, Éva ne répondit rien. Elle ne bougeait plus. Raphaëlle se demandait à quoi elle pensait, si son discours avait servi à quelque chose. Henri s'était mis à l'écart dans le fond de la pièce et surveillait la scène du coin de l'œil. *Le cœur de la jeune femme était-il irrémédiablement brisé ? Saurait-elle aimer de nouveau ?*

— Écoute, conclut Raphaëlle en se levant. Je vais partir puisque c'est ce que tu souhaites. Tu sais où me trouver, tu as mon numéro de téléphone. Viens me voir quand tu veux. Je serai toujours là pour toi. Je t'attendrai.

Elle lui posa une main chaude sur l'épaule et se dirigea lentement vers la porte. Elle espérait encore qu'Éva allait la retenir.

23

La tête dans les mains, Éva réfléchissait. Installée au bureau de Delaroche, elle ne se sentait pas à sa place. Noémie lui avait déjà apporté six cafés et un sandwich thon crudités. Elle se méfiait de cette femme. Toutes les personnes qui avaient été proches de sa mère pouvaient représenter un danger. Elle n'avait confiance qu'en Henri, qu'elle avait connu depuis toute petite et qui avait toujours veillé sur elle.

Raphaëlle lui avait dit « Je t'aime. Je ne t'ai jamais trahie ». Ce qu'elle avait ressenti pour cette femme depuis le début avait été tellement fort. Elle avait eu peur. Elle lui avait demandé de partir et de l'oublier. Des coups donnés à la porte la sortirent de sa rêverie. Henri entra. Il tenait dans ses mains une part de tarte à la framboise posée sur une assiette en carton.

— Il faut que tu manges, fillette, lui dit-il d'une voix douce.

Éva lui sourit. Il déposa le dessert devant elle et s'assit sur une des chaises.

— Je croyais que tu étais rentré chez toi, lui déclara-t-elle.

— Je n'abandonnerai pas le navire en pleine tempête. Tu as besoin de moi. Je reste là.

Éva mordit dans la tarte et ferma les yeux. Le brouhaha extérieur bourdonnait dans ses oreilles malgré le double vitrage. Les rayons du soleil perçaient enfin après ces jours de pluie, mais elle ne pouvait pas profiter du beau temps. En bouche, elle ressentait l'équilibre parfait de la tarte entre le sucré et l'acidité du fruit.

Elle dévisagea Henri. Il paraissait trop maigre dans son costume trois-pièces gris. Sa cravate noire, parfaitement nouée était décorée d'une pince blanche, cadeau de sa défunte femme. Quand elle regarda le bureau, l'absence de la statue en cristal lui donna les frissons. Dire qu'elle avait eu l'arme du crime d'Iris sous les yeux durant toutes ces années. Il remarqua son trouble.

— C'est étrange, n'est-ce pas ? lui demanda-t-il en désignant la place vide de l'index.

— Je savais qu'elle avait mauvais caractère, mais de là à imaginer qu'elle avait pu tuer une femme pour m'empêcher de la fréquenter…

Elle n'arrivait pas à retenir les larmes qui coulaient le long de ses joues. Il fouilla dans sa poche et s'empara d'un mouchoir en tissu blanc qu'il lui tendit. En silence, elle s'essuya les yeux. Si elle avait écouté sa mère, si elle avait quitté Iris, cette fille serait encore en vie. Comme s'il avait lu en elle, Henri lui murmura :

— Tu n'es pas coupable, jeune fille. Ta mère l'a tuée. Elle a fait assassiner Patricia aussi, et qui sait combien d'autres personnes. Mila a été arrêtée et passe aux aveux en ce moment même. C'est dans son intérêt.

Un léger sourire apparut sur le visage d'Éva.

— Je suis soulagée qu'Iris ne m'ait pas abandonnée. Cette rupture a été tellement difficile.

— Je sais, je m'en souviens.

— Les affaires ne m'intéressent pas. Je vais sûrement revendre mes parts. Ma vie, c'est la musique.

Le téléphone portable d'Henri vibra. Il lut le message et annonça :

— Je sais qui a transmis les vidéos à la police.

Éva se redressa. Elle posa ses paumes bien à plat sur le bureau. Elle sentait ses mains qui devenaient moites. Son rythme cardiaque accélérait. Elle scrutait Henri, à la recherche du moindre signe encourageant.

— Parle, le supplia-t-elle.

— Raphaëlle ne t'a pas menti. Patrick est responsable de ce scandale. Elle n'a jamais rien diffusé. Elle ne t'a pas trahie.

Éva se leva et s'approcha de lui.

— T'es sûr ?

— Certain.

Elle le serra dans ses bras.

— Merci, murmura-t-elle.

— Je suis désolé pour Julie. J'aurais dû t'en parler et te la présenter, mais elle est apparue dans ma vie. Je ne m'y attendais pas. Je ne suis pas resté longtemps avec sa mère. C'était un soir d'égarement et de tristesse. Je ne pensais vraiment pas que tu allais la rencontrer ni qu'elle allait sortir avec cette tueuse. Je ne savais même pas qu'elle aimait les femmes.

Il soupira. Toute cette histoire avait creusé ses rides et il paraissait dix ans plus vieux. Il assurait la direction provisoire de l'entreprise, mais il faudrait quelqu'un pour prendre le relais.

— Tu n'y es pour rien. L'amour fait faire n'importe quoi. Je suis bien placée pour le savoir.

— C'est ma fille, tu comprends ? Je n'ai pas pu avoir d'autres enfants.

— Je crois qu'elle a évité le pire. Cette histoire a éclaté juste à temps. Qui sait ce que Mila ou ma mère auraient pu lui faire faire ?

Henri l'observa. Il avait toujours eu une relation spéciale avec Éva, presque paternelle. Il était fier de la belle jeune femme qu'elle était devenue.

— Tu es forte, Éva. Tu vas t'en sortir, j'ai confiance. Fais ce que tu as à faire, ajouta-t-il en lui posant une main sur l'épaule.

— C'est-à-dire ? demanda-t-elle en fronçant les sourcils.

— Ça se voit comme le nez au milieu de la figure. Je suis mal placé pour te donner des ordres, mais échappe-toi vite d'ici.

— Mais la réunion ?

— On va nous apporter des procurations.

— Tu vas leur dire quoi ?

— Qu'Éva Sepia avait des impératifs et que sa carrière l'a retenue dans un autre endroit, qu'elle n'est pas responsable des agissements de sa mère et qu'elle a confiance en l'entreprise et ne doute pas qu'elle s'en remettra très rapidement.

Les larmes aux yeux, Éva lui serra la main.

— Merci, murmura-t-elle.

Il sourit et demanda :

— Une dernière question jeune fille : tu l'aimes ?

— Oui.

C'était comme un cri du cœur, une réponse non réfléchie. Elle prit conscience de ce que cela signifiait au même moment. *Je l'aime.* Dès qu'elle pensait à elle, son rythme cardiaque accélérait, elle avait envie de se caler dans ses bras, de humer son parfum, de ne plus jamais la quitter.

— Alors, file vite d'ici.

24

La foule des curieux était amassée à l'extérieur. Les journalistes piétinaient dans le hall et le service de sécurité avait été renforcé. Éva maudit sa mère qui avait réussi à mettre un tel bazar dans sa vie. Les gens parlaient fort et le brouhaha l'empêchait de réfléchir. Au diable Delaroche. Elle était Éva Sépia. Celle qui avait réussi. Henri avait raison.

Son regard se posa sur son bracelet, le cadeau de Raphaëlle : « Notre histoire a commencé et ne peut se finir ».

Elle courut jusqu'à l'ascenseur priant pour qu'il soit vide. Elle appuya sur le bouton qui descendait au sous-sol. Elle enfonça sa capuche sur sa tête. Les portes à peine ouvertes, elle repéra la place où était garée sa voiture. Un employé s'en était chargé. En quelques enjambées, elle la rejoignit. Elle s'accroupit pour laisser passer une femme de ménage qui passait avec un chariot. Elle ouvrit la portière et s'installa au volant. Lunettes de soleil sur le nez, elle espérait passer inaperçue. Tout le monde l'attendait dans le hall pour une conférence de presse. Son téléphone sonna. Henri.

— N'oublie pas qu'il y a des caméras de sécurité partout ici.

Éva fit la grimace.

— Ne t'inquiète pas, jeune fille. Je vais faire diversion. Prépare-toi à sortir, donne-moi dix minutes.

— Merci, bredouilla-t-elle.

Raphaëlle ne serait certainement pas chez elle. S'il le fallait, elle patienterait des heures devant la porte de son bureau. Elle se moquait de tout le reste, elle avait simplement envie de la voir. *Il faudra que je songe à remercier Henri.*

Elle franchit la porte d'entrée de l'immeuble et hésita. Sur sa droite, la salle d'attente vide menait à la porte du bureau. Elle la traversa d'un pas rapide et frappa frénétiquement.

— Éva !

Raphaëlle la serra dans ses bras. Éva se moquait de tout. Elle voulait simplement être ici, contre elle. Son sang pulsait dans ses veines. Elle ne voulait qu'elle, désirait reconquérir son cœur. Son inconnue lui plaisait toujours autant que le premier soir où elle l'avait aperçue : ses yeux clairs pétillants, ses longs cheveux blonds, son large sourire, tout en elle l'attirait. Elle l'embrassa à pleine bouche, aussi avidement qu'il lui était possible, elle relâcha son étreinte que pour leur permettre de respirer.

— Tu t'es échappée ? lui demanda Raphaëlle en s'écartant de l'embrasure de la porte. Entre.

Éva la suivit.

— Ferme la porte, lui ordonna Raphaëlle qui retourna s'asseoir derrière son bureau.

Éva baissa la tête. Elle ne savait pas par où commencer pour exprimer tout ce qui se bousculait dans son cerveau.

— Alors comme ça, on s'embrasse de nouveau ? lui demanda Raphaëlle en croisant les bras sur sa poitrine.

— Depuis le premier soir où je t'ai aperçue, depuis le premier jour où mes yeux ont croisé les tiens, je suis tombée amoureuse de toi. Tu m'as acceptée telle que j'étais. Tu as su voir la vraie moi, plus loin que l'image qui était véhiculée par les médias. J'aime la personne que tu es. J'aime être dans tes bras, j'aime t'embrasser. Je t'aime.

Raphaëlle se leva. Elle avança jusqu'à ce que son corps frôle celui d'Éva. Elle l'entoura de ses bras et l'embrassa tendrement. Éva continua :

— J'ai fui longtemps ma famille, mes origines et la personne que j'étais. Je ne voulais plus avoir mal, plus être trahie et plus souffrir. Je ne veux plus me cacher, je ne veux plus faire semblant. Je n'ai plus peur d'ouvrir mon cœur. Je t'aime Raphaëlle.

— Je t'aime aussi.

Elles enlacèrent leurs doigts et partagèrent un long et tendre baiser.

— Tu ne devrais pas gérer la crise ? demanda Raphaëlle en calant sa tête contre son épaule.

— Chaque chose en son temps. Je ne suis pas une gestionnaire, mais une artiste. Ma mère paiera pour ce qu'elle a fait. Les preuves sont nombreuses. Des personnes de confiance s'occuperont de la boîte pendant que je me concentrerai sur ma carrière.

— J'espère que tes fans comprendront.

— Je l'espère aussi, mais tant que tu restes près de moi, tout ira bien.

— Je n'ai pas l'intention de te quitter. Je suis fière d'être aux côtés d'une femme aussi courageuse, incroyable, intelligente, douée et belle que toi.

— Je sais que ce n'est pas facile de vivre avec quelqu'un qui est sous le feu des projecteurs. Si ça devient trop dur pour toi, je prendrai peut-être ma retraite.

— Tu n'as pas à arrêter la scène pour moi, lui déclara Raphaëlle en lui caressant la joue. Tu es faite pour ça. Je m'y ferai. Je t'encouragerai.

Éva la regarda droit dans les yeux. Sa sincérité transparaissait à travers la douceur de son regard. Avoir le soutien de la femme qu'elle aimait était nécessaire pour qu'elle se sente bien.

— Tu risques d'être poursuivie par les paparazzis.

— Ne t'inquiète pas pour moi. Tout ira bien.

Raphaëlle la souleva et la fit virevolter en la tenant dans ses bras avant de l'asseoir sur son bureau.

— Je t'aime Éva Delaroche.

— Je t'aime encore plus et je passerai le restant de mes jours à te le prouver.

FIN

Du même auteur

Les enquêtes de Maxence Jacquin :

L'immeuble aux secrets

Le bracelet de Madame C

L'inconnue endormie

L'amour à croquer :

Amour et croissants chauds

Amour et chantilly

Autres romans :

Les lettres argentées

Remerciements :

Je remercie sincèrement tous ceux qui ont suivi cette aventure.

Merci à S.B pour son soutien, les soirées à parler plan de roman, les idées et les heures passées avec moi. Il y a encore plein de choses dans les placards pour d'autres volumes ;)

Merci à mes amies : Michèle, je n'oublie pas tout ce que tu fais pour moi. Virginie, à mes côtés depuis tellement d'années…

Un merci à ma famille.

Merci à tous mes lecteurs.

Une caresse à Goran qui vient me faire des câlins quand j'en ai besoin.